트레샤 퓨전 판타지 장편소설
WISHBOOKS FUSION FANTASY STORY

파왕성 플레이어

2

트레샤 퓨전 판타지 장편소설

초판 1쇄 찍은 날 | 2019년 3월 6일
초판 1쇄 펴낸 날 | 2019년 3월 13일

지은이 | 트레샤
펴낸이 | 예경원

기획 | 위시북스
편집책임 | 이규재
편집 | 위시북스

펴낸곳 | 예원북스
등록번호 | 제396-2012-000132호
등록일자 | 2012. 7. 25
KFN | 제1-376호

주소 | 경기도 고양시 일산동구 호수로 646-24 위너스21II빌딩 206A호 (우)10401
전화 | 031-819-9431 팩스 | 031-817-9432
E-mail | yewonbooks@naver.com

ISBN 979-11-6424-174-3 04810
　　　979-11-6424-172-9 (set)

Wish Books
트레샤 퓨전 판타지 장편소설
WISHBOOKS FUSION FANTASY STORY
파왕성 플레이어
2

파왕성
플레이어

CONTENTS

◀ 11장 ▶
변화의 시작점

적막함 가득한 방 안, 홀로 남겨진 마왕은 깊은 고민에 빠져 있었다.

'아무래도 프로이스 가문에서 온 서신 같습니다.'

하필 이런 시기에 찾아온 서신이다. 가뜩이나 처리할 일이 한두 가지가 아니던 때에 일정이 크게 좁혀졌다.

'어쩌면 이번 서열전을 통해 서열 70대 마왕들이 자네를 주시할 수도 있겠군.'

타 마왕들의 견제까지 고려한다면 시간이 약간 촉박했다.

용찬은 골렌의 말을 곱씹으며 서신을 내려다봤다.

'일단 이 건부터 처리해야겠지. 그러기 위해서 우선 마왕성 정리부터 빠르게 끝내야 된다.'

마침 다음 수행 과제도 방어력 등급 상승이었다. 병력을 얻은 이상 침입에 대한 대비도 해놔야 했다.

용찬은 즉시 그레고리를 불러들였다.

"부르셨습니까, 마왕님."

"지하 감옥으로 안내해라."

"알겠습니다."

대가를 통해 얻어낸 베텔의 병사들. 강제로 소속을 변경시켰다지만 쉽게 남을 따를 리 없었다.

"크르르르!"

"키에에에!"

"쿠에에엑!"

감옥 복도로 들어서자 예상대로 적의 서린 눈빛들이 느껴졌다. 이전 실력 행사를 크게 한 적이 있긴 했지만 충성도가 0인 만큼 이런 반응은 당연했다.

"다들 무엇들 하는 것이냐. 감히 마왕님 앞에서 고개를……!"

"그만. 지금 이놈들에게 그런 것을 바라는 건 무리겠지. 감옥 문을 열어라, 그레고리."

"어, 어찌하시려는 겁니까?"

양팔로 뇌격이 피어오른다. 용찬은 가볍게 어깨를 풀며 카리스마를 발동시켰다.

"정신 못 차린 놈들에겐 매가 약이지. 나를 못 따르겠다면 따를 때까지 교육한다."

악귀 같은 눈빛이 병사들을 향했다. 쇠창살에 착 달라붙어 있던 놈들은 온몸을 떨며 천천히 뒤로 물러났다.

그리고 문의 자물쇠가 풀리는 순간.

"깨에에에엥!"

참교육(?)이 시작됐다.

⁂

"낑낑끼잉!"

"케에, 케에엑."

"취, 취이익!"

단 한 시간 만에 벌어진 일이다.

놀은 헛바닥을 내민 채 머리를 비비고 있었고, 코볼트들은 넙죽 바닥에 엎드리고 있었으며, 오크들은 공포에 휩싸여 몸만 부르르 떨고 있었다.

잠시 위층에 다녀온 사이 벌어진 광경에 그레고리는 절로 두 눈이 휘둥그레졌다.

"······병사들이 이리 순식간에······."

"늦었군. 병사들 정리는 끝났다. 방으로 안내해 줘라."

"아, 알겠습니다."

항상 뒤처리는 서포터이자 집사의 몫이었다.

용찬은 손을 탁탁 털며 먼저 1층으로 돌아왔다.

"응? 뭐야, 저 자식들은 베텔의 병사들이잖아?"

"맞습니다. 마왕님께서 서열전 승리 대가로 소속을 변경시키셨죠. 마침 교육도 끝내고 돌아오는 길입니다. 무슨 문제가 있으신 겁니까?"

"하, 하루 만에 저 지경으로 만들었단 말야? 도대체가······."

"정확히는 1시간입니다만. 저도 당황스럽습니다."

마침 감옥 입구에서 마주쳤는지 루시엔과 그레고리의 대화 소리가 들려왔다.

한 달 전까지만 해도 이런 상황은 기대조차 못 했을 테니 그들이 당황하는 것은 당연했다.

'그러고 보니 슬슬 병사들의 심정 변화도 있겠군. 당장은 낯설기만 할 테지만 차차 익숙해질 테지.'

서열전이 끝난 지 이제 하루. 항상 불만스러워하던 루시엔은 물론 훈련 당시 고생했던 병사들까지, 모두 베텔에게 승리한 이후 나름의 믿음과 충성심이 생긴 상태였다.

용찬은 밑에서 들려오는 목소리를 뒤로하고 방 안으로 돌아왔다.

　[힘:10][내구:7][민첩:9][체력:11]
　[마력:4][신성력:0][행운:5][친화력:3]

　살짝 변화한 능력치 두 개가 보인다. 마지막 전투를 통해 상
승한 민첩과 체력이다.
　'픽스와 코쟈스를 동시에 상대하며 올랐나 보군. 차차 능력
치의 돌 습득이 어려워진단 점과 마왕이란 직위를 고려한다면
수련과 전투의 중요성도 더욱 강조되겠어.'
　마왕성 플레이어 같은 경우 본인의 능력치는 물론 병사의
능력치 또한 중요할 것이다.

　[병사들의 새로운 소식이 있습니다.]

　눈앞으로 떠오르는 녹색 아이콘. 병사 수련 당시에도 본 적
이 있던 용찬은 익숙한 손놀림으로 소식들을 확인했다.

　[F급 네임드 병사 칸과 켄이 새로운 특성을 습득했습니다.]
　[E급 네임드 병사 쿨단의 내구 능력치가 1 상승했습니다.]
　[E급 네임드 용병 루시엔의 신속화 특성 레벨이 2로 상승했습

니다.]

[E급 네임드 병사 헥토르의 힘 능력치가 1 상승했습니다.]

총 네 가지 소식이다.

먼저 칸과 켄의 새로운 특성은 '집념'이란 특성이었다.

'한 가지 일에 몰두할 때 숙련도와 능력치가 일시적으로 상승한다라. 과연 네임드 병사는 네임드 병사라 이건가.'

전혀 예상치 못한 소득이다. 게다가 나머지 세 명의 병사도 전투 동안 성장한 것인지 각자 얻은 것이 있었다.

용찬은 만족스러운 표정으로 마왕성 상점을 열었다.

'여기서 병사들과 용병을 더 소환할 수도 있겠지만 우선 마왕성 자체 방어력부터겠지.'

당장 필요한 것은 함정 및 방어 수단이다.

그레고리가 남기고 간 설명서에도 나와 있듯이 각 아이템에도 등급이 존재했다. 그리고 함정 및 방어 수단 같은 경우 따로 제한 숫자도 정해져 있었다.

'현 바쿤의 등급은 아직까지 F급. 함정 및 방어 수단은 고작해야 각각 한 개까지다. 새로 얻은 병사들이 있긴 하지만 기존 병사들은 이 근처에선 나름 쓸 만한 전력이야.'

남아 있는 주변 던전들은 기껏해야 E급 정도다.

다른 서열 70대 마왕성들도 거리상 빠르게 바쿤을 노리진 못했다. 게다가 마왕성 내 병사 및 용병보다 침입자의 등급이 높은 경우 따로 페널티도 적용됐다.

용찬은 그런 그레고리의 설명을 떠올리며 함정과 방어 수단을 정했다.

[F급 함정 '침입자용 화살'을 구매했습니다.]
[F급 방어 수단 '장벽을 소환하는 기둥'을 구매했습니다.]

제일 무난한 함정 및 방어 수단이 설치된다.

침입자용 화살은 침입자가 따로 설치한 발판을 밟을 시 양옆으로 화살이 쏟아지는 함정. 그리고 장벽을 소환하는 기둥은 설치된 기둥으로 적이 접근할 시 명령을 통해 장벽이 만들어지며 적을 가로막는 방어 수단이었다.

'두 개를 합쳐 2,000젬. 일단 이걸로 만족해야겠지.'

용찬은 즉시 두 가지를 1층에 설치한 뒤, 마왕성 관리로 접어들었다.

'내부 확장, 외부 확장, 그리고 개조 및 변경인가. 당장 마왕성 자체를 확장할 필요는 없다.'

현 바쿤은 5층 규모의 성이다. 기존 펠드릭이 운영할 당시엔 무려 20층이 넘어가는 규모이기도 했지만 후계자가 물려받으면서 모든 것은 초기화됐다.

'병사들이 늘어난 만큼 새로운 방도 필요해지겠지. 그리고 이전에 언급됐던 대로 자재와 식량 또한 마찬가지야.'

이전에는 그레고리가 직접 도시를 오가며 자재와 식량을 구매했지만 지금은 그럴 필요가 없었다. 용찬은 포탈을 통해 오갔던 도시 상단을 통해 자재와 식량을 주문했다. 그리고 곳곳에 금이 간 내부를 수리하기 위해 병사들을 지정했다.

[내부 수리가 예정됐습니다.]
[자재가 보급되는 즉시 병사들이 수리를 시작합니다.]

연달아 줄어드는 젬.
골드가 아닌 젬으로 대체한 덕분일까.
자재 및 식량에 대한 주문 비용은 얼마 되지 않았다.
"대충 정리는 끝난 건가. 나머지 젬은 따로 병사들 장비에 투자하든가 해야겠군."
집중이 풀리자 동시에 기운도 턱 풀렸다.

[젬:3,120]

순식간에 젬이 절반 이상 날아갔다. 다시 젬을 벌어들이기 위해선 한동안 지하 젬 광산을 이용해야 할 터다.

용찬은 의자에 등을 기댄 채 거울을 바라봤다.

'능력치와 영혼 결속의 영향 때문인가. 몸에 약간은 근육이 붙은 것 같군. 아직도 비쩍 마른 체형이라는 것은 다르지 않지만.'

익숙지 않은 모습이다. 단숨에 베텔의 서열전까지 승리로 이끌어냈지만 지금도 실감이 나지 않았다.

마치 한편의 꿈을 꾸는 것처럼.

"쯧."

인상이 구겨진다. 여태까지의 과정만 떠올려 봐도 꿈은 아니다. 게임 시스템으로 이루어진 세계 하멜도, 10년간 살아왔던 1회 차도, 그리고 태현에게 배신당해 마왕의 몸으로 리셋된 현재도⋯⋯. 모두 거짓 아닌 진실이었다.

용찬은 불쾌한 기억에 고개를 저으며 일어났다.

그때, 눈앞으로 메시지가 나타났다.

[민하나:오늘 자로 다른 진영의 소식이 전해졌나 봐요. 저도 우연히 파티원을 통해 들은 거라서 확실한지는 모르겠는데 우선 알려 드릴게요.]

내용은 간단했다. 진영 최초로 고대 유적지 탐사를 준비하던 타이탄 길드. 미리 주변 필드의 정보를 수집하던 도중 우선 목적을 변경했다고 한다.

그 목적은 다름 아닌 중립 지역 내 미션.

'중립 지역 미션에 도전한다라. 내 기억 상 타이탄 길드는 준비가 끝나는 즉시 바로 유적지에 도전했어. 그리고 끝내 전멸했지. 별다른 변수가 없는 이상 과거 그대로 진행되는 게 보통이었을 텐데 갑자기 미래가 바뀌었다? 그렇다면 역시 이번 일도 유태현 놈이 주도하는 건가.'

파이칸 고대 유적지. 리오스 진영에서 최초로 발견되어 길드끼리 공략 우선권 투표를 거친 곳이다.

아마 태현도 우선권을 차지한 것을 노리고 타이탄 신입 길드원으로 들어갔을 터. 문제는 과연 그가 길드 내에서 어떤 영향력을 가지고 있는지였다.

'3차 소환 플레이어인 데다가 신입 길드원이야. 세력 내에서 루키로 통한다 하더라도 연줄이 없는 이상 이런 발언권을 가지고 있을 리는 없어.'

1회 차와 다른 미래에 머리가 빠르게 굴러갔다.

용찬은 메시지에 적힌 예정일을 몇 차례나 확인했다.

하나, 그럼에도 확신이 서지 않았다.

'분명 놈도 내가 함께 회귀했다는 것을 알고 있을 거다. 만약 나를 의식하고 있다면 이런 정보도 조작됐을 수 있어.'

하나도 파티원을 통해 전해 들은 소식이다.

타 진영의 정보인 만큼 사실 유무를 따지긴 애매했다. 특히 1회 차 당시 첩보 및 교란전을 실제로 겪었던 용찬이다. 그런 만큼 상대측이 일부러 소문을 흘린 경우도 염두에 두어야 했다.

'그렇다면 최대한 내가 먼저 미션을 클리어해야겠군.'

이런 시기에 태현이 노릴 만한 중립 지역 미션이라면 뻔했다. 아마 유적지 공략을 위해 '꼭 필요한 아이템'을 얻으러 갈 것이 분명했다.

판단을 마친 용찬은 모든 인원을 1층으로 집결시켰다.

"하아. 편하게 쉬고 있었는데 갑자기 집결이라니. 역시 훈련 재시작인 걸까요, 누님?"

"나도 모르거든? 나한테 묻지 마."

달그락. 달그락!

하루 만에 병사들이 다시 모이니 시끌벅적해졌다.

용찬은 그레고리 옆에 선 채로 카리스마를 발동시켰다.

그리고 품속에서 서신을 꺼내 펼쳤다.

"프로이스 가문에서 서신이 도착했다. 내용은 간단하다. 최소 인원을 대동한 헨드릭 프로이스의 일시적인 복귀다. 고로 지금부터 함께 가문으로 출발할 두 명을 뽑겠다. 뽑힌 인원은 그대로 나와 함께 도시 헤임달로, 나머지 인원은 전부 내가 없는 동안 마왕성을 지키게 될 거다. 알아들었나?"

……

잠시간의 정적.

모두 예상치 못한 발언에 당황스러워했다.

그리고.

"불만이라도 있나. 왜 다들 대답이 없지?"

바쿤의 주인이 재차 묻는 순간 경악 소리가 울려 퍼졌다.

"에에에에에에!"

"키에에에에?"

달그락! 달그락!

1년 전, 가문에서 버림받은 최하급 마족이다. 그런 망나니 마왕에게 복귀 서신이 전해졌다는 것은 서열전이 가주에게 어떤 방향으로든 영향을 미쳤다는 뜻이었다.

용찬은 어느 정도 예상한 병사들의 반응에 재차 카리스마를 발동시키려 했다.

그 순간, 곁에 있던 그레고리가 넋이 나간 얼굴로 물었다.

"페, 펠드릭 프로이스 님께서 복귀 서신을 보내신 것이 정말입니까, 마왕님?"

"……."

충성스러운 집사 또한 예외는 아니었다.

똑똑.

가벼운 노크 소리가 들려온다.

방 안에 앉아 있던 사내는 손에 쥔 동전을 문 쪽으로 튕기며 대답을 대신했다.

"오래 기다리셨습니까, 아놀드 님."

"정확히 3분 41초를 기다리게 했군. 길드 내 상황은?"

"뭐, 순조롭게 진행 중이라고 볼 수 있습니다만. 아직도 저에 대한 불만들이 가끔 보이더군요."

3차 소환 당시 이동된 플레이어다. 아무리 소규모 길드인 타이탄이라지만 갑작스러운 신입은 탐탁지 않을 것이다.

아놀드는 벽에 걸린 시계를 보다 이내 나긋한 인상의 청년을 직시했다.

"고작 그 정도로 투정 부리는 것은 아닐 테지? 네놈을 위해 공략 우선권을 타이탄 길드로 양도해 준 것을 항시 잊지 마라."

"어차피 우선권은 타이탄 길드로 정해지게 될 운명이었습니다."

"……그게 무슨 뜻이지?"

"아아, 제가 말실수를 했군요. 어차피 입장 등급 제한 때문에 가장 적당한 타이탄 길드가 갈 수밖에 없단 뜻이었습니다."

아직 누구도 밝히지 못한 고대 유적지의 정보. 그러나 눈앞의 청년은 마치 직접 가 본 것처럼 정보를 대부분 꿰뚫고 있었다.

'이놈은 확실히 위험해. 어쩌면 내가 괴물을 키우고 있는 걸

지도 몰라. 하지만……'

문득 3차 소환 플레이어 소집 때가 떠올랐다. 갓 소환된 놈이 당당히 미지의 정보를 밝히며 제안을 해왔을 때만 해도 어이가 없어 웃음까지 나왔다.

한데, 정보들의 사실 유무가 밝혀지면서 역으로 위협했을 땐 어땠던가.

'지금 저를 협박하시면 곤란할 겁니다만? 만약 감금한다 해도 전 입 한 번 뻥긋하지 않을 것이며, 목숨을 위협하면 아예 제가 자살해 버릴 겁니다. 물론 강제 아이템을 쓴다 해도 예외는 아니겠죠. 그 방법까진 알려 드릴 수 없지만 선택하셔야 할 겁니다. 자! 어쩌실 겁니까? 제 가치는 이전 정보들을 통해 충분히 깨달으셨을 테고 이대로 버리긴 아깝지 않으십니까. 하이드 길드를 진영 내 최고로, 아니, 모든 진영 내 최고로 만들어 드리죠. 어떠십니까?'

미친놈은 오히려 당돌하게 최고를 약속했지 않던가. 그때 그 독사 같던 얼굴만 떠올리면 지금도 절로 치가 떨렸다.

그럼에도 아놀드는 놈을 버릴 수 없었다.

'매우 위험한 놈이지만 저놈만 있으면 진영 내에서 네 번째 순위에 지나지 않는 하이드 길드를 대륙 최고로 부상시키는 것도 불가능은 아냐. 아예 모든 진영을 붙잡고 뒤흔들 수 있어.'

커다란 욕망이 정신을 뒤흔든다. 마치 벌써부터 정상 자리에 오른 듯 전율이 일었다.

아놀드는 자리에서 일어나 주머니를 꺼내 건넸다.

"저번에 부탁했던 아이템이다. 정말 이 정도면 중립 지역 미션도 충분하겠지?"

"물론입니다. 그쪽 미션에 대해선 이미 빠삭해서 이 아이템과 타이탄 길드원들이면 충분합니다."

"……"

뻗어진 팔이 안으로 굽혀진다. 청년은 건네받기 직전 주머니가 도로 멀어지자 싱긋 웃으며 고개를 갸웃거렸다.

"무슨 뜻입니까?"

"……아직도 정체를 밝힐 생각이 없나?"

"하아. 저번에도 말씀드렸잖습니까. 이런 정보력도 제 특성과 스킬 중 일부란 것을. 설마 아직도 절 의심하시는 겁니까. 이거, 이거 섭섭한데요?"

"나보고 그걸 믿으라고? 우습지도 않은 소리. 소환되자마자 나에게 몰래 접근해 제안부터 걸어온 네놈은 아직도 경계 대상이다. 항상 잊지 마라."

날카로운 두 눈빛이 허공에서 충돌한다.

서로 한 치 물러섬 없이 상대를 노려보는 모양새다.

하나, 청년은 이내 나긋한 인상으로 어깨를 으쓱거렸다.

"이야, 제가 졌습니다. 능력과는 별개로 제 정체를 숨기는 데는 다 이유가 있어서 말이죠. 아량이 넓으신 아놀드 님께서 부디 이해해 주시기 바랍니다."

"……큭. 가져가라."

"고맙습니다. 그럼 전 이만 가보겠습니다."

휘파람 소리와 함께 청년이 방문을 열고 나서려 했다.

그 순간, 아놀드가 발걸음을 멈춰 세웠다.

"유태현!"

살짝 옆으로 기울여지는 고개.

"왜 그러십니까, 아놀드 파커 님?"

섬뜩한 느낌이 전신을 장악한다. 마치 무방비한 상태로 적 앞에 서 있는 듯한 기분이다.

아놀드는 절로 마른침을 삼키며 뒤늦게 입을 열었다.

"……미션 출발 날짜가 잡히면 한 번 더 연락해라."

"아아. 알겠습니다."

태현이라 불린 청년은 그대로 방을 나가 버렸다.

홀로 남겨진 아놀드는 한참 동안 문을 바라보다 이내 의미심장한 표정으로 수정구를 꺼내 들었다.

그렇게 두 사람의 밀회는 끝이 났다.

◀ 12장 ▶
펠드릭 프로이스

자유 국가 미첼. 마계 내에서 유일하게 중립을 지향하는 국가다. 신분의 억압에서 벗어난 것은 물론 종족을 따지지 않고 모두를 수용했다. 특히 각 가문의 충돌을 잠재우기 위해 도시 내의 마찰도 엄격히 법으로 다스렸고, 그로 인해 다른 국가보다 훨씬 평화로운 분위기를 지녔다.

　그리고 이 중립 국가를 유지하는 데 영향력을 미치는 것이 바로 펠드릭 프로이스, 홍염의 패자가 가주로 있는 프로이스 가문이었다.

　"미첼의 수도 헤임달에 도착했습니다."

　환한 빛이 사그라들자 드넓은 거리 광경이 눈에 들어온다. 중립 국가란 특성답게 다양한 양식의 건물이 늘어져 있는 도시였다.

하나, 게이트를 처음 이용해 본 루시엔은 울렁거리는 속만 진정시키며 계단을 내려갔다.

"으으, 안 좋아. 무지 안 좋다구."

"어라? 누님, 왜 그러세요?"

"아무것도 아냐. 신경 꺼."

파리해진 안색의 누군가와 달리 뱀파이어 소년은 멀쩡하기만 했다.

"우와. 그나저나 누님, 저것 좀 보세요. 뱀파이어들이에요. 어엇, 저쪽엔 누님이랑 같은 다크 엘프들도 있어요. 역시 중립 국가 미첼이라니까요!"

"너나 실컷 구경하라고."

이종족들에게 있어 미첼은 꿈만 같은 국가다. 따로 수인들의 연합 도시 또한 존재했지만 분쟁이 없는 도시는 누구에게나 크나큰 매력이었다.

하나, 무척 신이 난 헥토르와 달리 루시엔의 시선은 절로 비쩍 마른 청년에게로 향했다.

"여기 게이트 비용이다."

"감사합니다, 헨드릭 프로이스 마왕님. 이번 서열전의 결과는 무척 인상적이었습니다. 부디 프로이스 가문의 명예를 더욱 드높여 주십시오."

"······날 알고 있나?"

"물론입니다. 이미 베텔과의 서열전 소식은 미첼 전체로 퍼진 지 오래입니다. 한때 불명예스러운 소식에 걱정도 많았지만 지금은 서열전의 승리 소식 때문인지 관심을 가지는 분도 꽤 생긴 추세입니다."

프로이스 가문이 관리하는 도시 중 가장 규모가 큰 헤임달이다. 도시 거주민들은 안락한 삶을 유지시켜 주는 펠드릭을 칭송했고, 항시 가문의 명예를 드높이는 소식에 크게 반응했다.

그러다 보니 한때 망나니로 소문났던 헨드릭의 서열전 소식 또한 현 도시 내 큰 관심사 중 하나였다.

다만 본인은 그런 반응에도 무덤덤하게 반응했다.

"그렇군. 알겠다."

'저럴 줄 알았지. 도대체 무슨 생각을 하는 건지.'

갑자기 변화한 바쿤의 마왕. 모든 부하에게 불신을 안기고 마왕성에 대해 나 몰라라 하던 망나니는 이제 없었다.

루시엔은 아직도 적응하기 힘든 헨드릭의 모습에 푹 한숨을 내쉬었다.

'역시 이상하긴 해. 당장 쫓겨났던 가문의 도시로 돌아왔는데도 저런 태도라니. 옛날의 그 한량 같던 모습이 거짓말 같다고 여겨질 정도야. 게다가 병사들을 이끄는 능력도, 본인이 가진 능력도 모두 최하급 마족의 수준이 아니었잖아. 역시 권능

을 발현한 걸까. 확 달라진 저 성격은 아직도 의문이 가득하긴 하지만.'

본인이 원하던 방향으로는 나아가고 있다.

'일단 그래도 뭐…… 괜찮겠지.'

그것만으로도 지금은 나름 만족스러웠다.

루시엔은 앞으로의 변화를 좀 더 두고 보기로 결심하며 혼자 멋대로 달려가는 헥토르를 붙잡아 왔다.

"아아아. 누님, 놔줘요. 더 구경하고 싶단 말예요!"

"적당히 해. 우리 목적은 가문으로 가는 거라고!"

"둘 다 시끄럽다. 적당히 해라."

"으으으으으!"

물론, 저 성격만큼은 아직도 마음에 들지 않았다.

[다크 엘프 루시엔]

[등급:티]

[직업:검사]

[상태:불만, 의혹]

'의심이 의혹으로 바뀌었군. 불만은 그대로지만 약간은 변

화가 생긴 건가.'

서열전 이후 뒤바뀐 병사들의 인식이다.

망나니 마왕에 대해 가장 불만스러워하던 루시엔이었지만 지금은 어느 정도 명령을 잘 따랐다. 용찬은 그런 작은 발전에도 만족스러워하며 병사들의 변화를 다시금 느꼈다.

"저기 봐. 그 망나니 마족 헨드릭 프로이스야."

"쉿. 들을라. 지금은 바쿤을 물려받은 마왕이라고. 게다가 이번에 서열전도 승리했잖아. 조금은 달라진 거겠지."

"웃기고 있네. 난 1년 전에 저놈의 행태를 몇 차례나 봤었다고. 그 망나니가 어디 가겠어? 곧 다시 돌아가겠지."

"그건 두고 봐야 아는 거라고. 그나저나 가문에서 버림받았다고 들었는데 여긴 웬일일까?"

도시 내 마족들의 시선이 쏠린다. 일부에선 아직도 망나니란 인식이 벗겨지지 않은 듯했다.

"우와아아. 마족들의 시선이 그리 곱지는 않은데요?"

"당연하잖아. 여긴 프로이스 가문의 중심지라고. 그동안 도시 내에서 보인 행태만 생각해 봐도 이런 반응은 당연해. 고작 서열전 한 번으로 단번에 인식이 바뀔 리 없다구."

"흐아. 그렇게나 마왕님이 최악이었…… 읍읍!"

"쉿. 조용히 해."

다급히 루시엔이 헥토르의 입을 틀어막았다.

하나, 속삭임의 귀걸이를 착용한 마왕성 플레이어 앞에서 그런 행동은 무의미했다. 용찬은 주변으로 들리는 잡음을 무시한 채 태현을 떠올렸다.

'과연 그놈은 누구와 손을 잡았을까. 만약 내가 놈이었다면 우선 상위 길드 간부들과 접촉했겠지. 그리고 10년 차의 기억을 통해 정보를 떡밥으로 던졌을 거야.'

리오스 진영은 다른 진영과 달리 매우 폐쇄적이다.

정보의 공유는 물론 교류 또한 길드 측에서 일방적으로 막는 분위기였다. 아마 태현은 상위 길드를 중점으로 자신만의 세력을 형성할 터. 어쩌면 그 발판은 파이칸 고대 유적지일 가능성이 컸다.

'그렇다면 역시 놈은……'

상념은 거기서 끊겼다. 길을 막아선 마족 때문이었다.

"오래간만이군, 헨드릭 프로이스."

"……음?"

"설마 1년밖에 안 지났는데 내 얼굴을 기억 못 하는 건 아니겠지?"

붉은 날개의 마족이 턱을 치켜든다. 곁으로 보이는 E급 리자드맨들로 추정해 볼 때 다른 마왕이 틀림없었다. 용찬은 즉시 헨드릭의 기억을 더듬어 그가 서열 70위 제리엠 란드로스라는 것을 파악했다.

'내 개인적인 기억엔 없는 놈이야. 전쟁 당시 누가 이놈을 처리했었지?'

1회 차 당시 공략에 참여했던 마왕성은 총 24곳이다.

나머지는 당연히 다른 플레이어들이 토벌했다. 그러다 보니 제리엠에 대한 특징이나 권능에 대해선 자세히 알지 못했고, 그저 1년 전 헨드릭이 참여한 마왕들의 모임으로나마 안면이 익혀져 있었을 뿐이다.

"제리엠 란드로스였던가."

"하. 이제서야 기억하는군. 그렇게 내 존재감이 적었었나. 이거 실망이야."

"그랬나 보군. 그럼 이만."

"서열전의 결과는 무척 의외였…… 어, 어이!"

유유히 리자드맨들을 지나쳐 가는 72위 마왕. 뒤늦게 무시당했단 것을 깨달은 제리엠은 어깨를 붙잡아 세웠다.

"이 개자식. 감히 날 무시해?"

"뭐 하자는 거지?"

"겨우 픽스 자식을 이겼다고 아주 기고만장해졌구나, 헨드릭 프로이스."

치욕감으로 붉어진 얼굴이 보인다.

도시 한가운데에서 최하급 마족에게 무시당했으니 그럴 만도 했다. 하나, 지금 헨드릭은 예전 그들이 알던 망나니 마왕이 아니었다.

파지지직.

양팔을 타고 흐르는 푸른 뇌격.

용찬은 자신의 상념을 방해한 제리엠을 살기 가득한 눈빛으로 노려봤다.

"당장 놔라."

"큭. 이 자식이 끝까지!"

두 마왕의 대치 구도가 벌어졌다. 가만히 서 있던 양쪽 병사들은 즉시 그들의 뒤로 이동했다. 그리고 웅성거리기 시작한 주변 분위기 속에서 제리엠은 식은땀을 흘렸다.

'뭐, 무슨 놈의 눈빛이 이런 거지. 이놈이 정말 내가 알던 그 망나니 자식이라고?'

마왕들이라면 누구나 다 알고 있는 사실이다. 어떠한 재능도 없어 그저 가문의 수치로 여겨지던 망나니꾼.

한데, 지금의 헨드릭은 기세부터 달랐다.

"키에에에엑!"

"어쩌려고 이러는 건데요!"

싸늘한 분위기가 이어진다. 모두가 지켜보는 앞이다.

선불리 물러나 괜한 망신을 당할 순 없었다.

제리엠은 으드득 이를 갈며 접혔던 날개를 활짝 펼쳤다.

그 순간, 멀리에서부터 경비병들이 일렬로 걸어왔다.

"……칫. 운 좋은 줄 알아라. 가자."

먼저 병사들과 함께 물러나는 70위 마왕. 미첼이 프로이스 가문의 땅이란 것을 고려했는지 빠르게 판단을 내렸다.

주변에 몰려들었던 마족들도 괜한 분쟁에 휘말리기 싫어 재빨리 흩어지기 시작했다.

용찬은 그제서야 뇌격의 활성화를 풀고 가까이 다가온 경비병을 쳐다봤다.

"프로이스 가문에서 왔나."

"맞습니다. 이번에 새로 고용된 경비대장 콜렌이라고 합니다. 가주님의 명을 받고 도련님을 맞이하러 왔습니다. 혹시 무슨 일이라도 있으셨습니까?"

저 멀리의 제리엠이 신경 쓰인 모양이다.

하나, 용찬은 가볍게 혀를 차며 고개를 저었다.

"쯧. 아무 일도 없었다. 우선 가문으로 안내해라."

"곧 마차가 도착합니다. 마차를 타고 이동하시죠."

마침 반대편 골목에서부터 마차가 나타났다.

가문의 전용 마차답게 여섯 필의 말을 이끌던 마부는 정확히 일행 앞에 멈춰 섰다.

"누, 누님. 원래 마차들은 이렇게나 큰 건가요?"

"……절대 아닐걸."

큼지막한 마차는 겉보기에도 매우 엄청났다. 특히 곳곳에 박힌 보석들과 가운데 꽂힌 가문의 깃발은 절로 위용을 느끼게 만들었다.

콜렌은 깊게 고개를 숙인 채 마차석 안으로 손짓했다.

"타시죠. 바쿤의 병사분들."

"아, 네넷!"

"잠깐. 아직 망나…… 아니, 마왕님이."

황급히 고개를 두리번거리는 다크 엘프. 방금 전까지 보이던 자신들의 주인이 어느새 보이지 않았다.

그 순간, 마차석 안에서 누군가가 손짓했다.

"얼른 타라."

"……."

바로 용찬이었다.

"우씨. 언제부터 타고 있었던 거야."

익숙하다 못해 아주 자연스러운 태도다. 가문의 위용 앞에서도 전혀 움츠림이 없었다.

루시엔은 그제서야 툴툴거리며 마차에 올라탔다.

마부가 뒤늦게 채찍질을 가하자 마차가 출발했다.

미첼 초창기 시절, 마계의 드워프들은 가주의 부름을 받아

도시로 오게 됐다. 마왕성 운영 당시 여러모로 도움을 받은 그들은 드높은 자존심도 꺾고 펠드릭의 부탁을 받아들였다. 그리고 온갖 마정석과 금속 등을 통해 도시 내에서 가장 높은 건물을 지었다.

총 15층 규모의 건물. 바로 프로이스 가문만을 위한 저택이었다.

"여, 여기가 마왕님의 가문 저택인가요?"

"……굉장해."

두 명의 어안이 벙벙해진다.

쉽사리 감탄하지 않는 루시엔조차 입구부터 느껴지는 장관에 입을 떡 벌렸다.

반면 용찬은 드높은 저택을 보며 과거를 회상했다.

'여기가 프로이스 가문의 본거지야. 전부 불태워 버려!'

'젠장. 안에 마족 놈들이 남아 있어. 얼른 처리해!'

'크흐흐흐. 반반하게 생긴 하녀도 많은데? 데리고 놀다 죽이면 꽤 재미있겠어!'

미첼 토벌 작전. 도시 내부가 쑥대밭이 되어 저택 전체가 불타오르던 그 날이 눈앞에 그려지는 듯했다.

길어지는 전쟁과 깊어지던 원한. 그리고 끝없는 욕망은 가장 잔혹한 결과를 만들어냈다.

멍하니 저택을 쳐다보던 용찬은 뒤늦게 고개를 저었다.

"괜찮으십니까, 도련님?"

"……문제없다."

"다행이군요. 그러면 저택 내부로 안내해 드리겠습니다."

성벽처럼 커다란 입구가 열린다. 바깥에선 볼 수 없었던 정원의 풍경이 한눈에 들어왔다.

절로 감탄이 나올 만한 자연 그 자체의 장관, 멍하니 서 있던 두 명은 아예 넋이 나가 버렸다.

그사이 콜렌은 나머지 병사들을 물리고 안내를 시작했고, 홀린 듯 뒤따르는 두 명과 달리 용찬은 피곤한 기색으로 저택에 들어섰다.

"어머머, 웬일이래. 저분 혹시 도련님 아니야?"

"도련님은 무슨. 넌 들어온 지 얼마 안 돼서 모르겠지만 예전만 해도 망나니였다고. 하녀들은 닥치는 대로 겁탈하려 했던 놈에게 존칭 따위 해줄 필요 없어."

"그래도 이번에 서열전까지 이겼다던데?"

수십, 수백 명의 하녀가 복도를 오간다. 저택 자체의 규모가 크다 보니 수용 인원도 꽤나 많았다.

용찬은 수군거리는 그녀들의 대화를 무시한 채 익숙한 복도를 살폈다.

'헨드릭의 기억 때문인가. 복도가 불타오르던 그때의 내 기억과 달리 무척 익숙하군.'

물론 적의 가득한 하녀들의 눈빛도 예외는 아니었다.

아마 망나니였던 헨드릭에게 한참 시달렸던 인물들이리라.

그렇게 콜렌은 각 층마다 존재하는 이동 마법진을 통해 셋을 4층으로 안내했다.

"도착했습니다. 한동안 이곳에서 편히 지내시기 바랍니다. 빈방들은 물론 기존에 사용하시던 도련님의 방 또한 그대로이니⋯⋯."

"지금 뭐 하자는 거지?"

"⋯⋯무슨 말씀이신지?"

방 안내를 위해 따로 하녀들을 부르던 경비 대장이 멈칫했다. 용찬은 싸늘한 눈빛으로 서신을 꺼내 들었다.

"곧장 가주님께 안내해라."

"현재 가주님께선 급한 용무 중이십니다. 일단 도련님을 저택에 대기시키라고 명령하셨으니 차후에 부르실 때까지 기다려 주시기 바랍니다."

정중하게 예를 차린 콜렌이 급히 자리를 떠났다.

그제야 머뭇거리던 하녀들이 차례대로 방 안내를 시작했고, 홀로 남겨진 용찬은 단숨에 서신을 구겨 버렸다.

'이렇게 나온다 이건가.'

"식, 식사를 가져왔습니다."

두 눈동자가 맹렬히 떨려온다. 얼마 전까지만 해도 망나니로 소문이 자자했던 도련님이다.

한데 지금은 살기를 풀풀 휘날리며 자리에 앉아 있었다.

'내가 알던 그 망나니가 아닌 것 같아!'

혹여나 눈이 마주칠까 하녀는 조심히 방을 나섰다.

그리고 잠시 후, 가만히 바닥을 내려다보던 마족이 고개를 들었다.

"……"

테이블 위에 놓인 음식이 보인다. 벌써 이틀째 방 안으로 보내진 식사다. 아마 다른 방에 배정받은 루시엔과 헥토르도 같은 입장일 것이다.

'날 시험하는 건가. 아니면 순수한 관찰?'

서신을 받을 때부터 어느 정도는 염두에 뒀던 상황이다.

몇 년간 망나니로 지냈던 놈이 단 한 번 서열전을 이겼다고 해서 완전히 인식이 바뀔 리는 없을 테니 말이다.

하나, 이렇게까지 고전적인 방법으로 나올 줄은 예상도 못한 용찬이었다.

'그나마 대화가 통해서 데려온 두 명도 쓸모가 없어졌고, 하녀들이나 가문의 식솔들의 반응은 여전해. 시간이 촉박한 상황에서 더 이상 여기 있으면 곤란해진다.'

가문에게 버림받았음에도 굳이 서신을 받아들인 이유는 간단하다. 오직 앞으로의 마왕성 운영에 대한 지원을 받기 위해서였다.

하나, 이대로라면 아무런 소득도 없이 답답한 시간만 흘러보낼 터.

용찬은 먼저 바깥 복도로 보이는 경비병들부터 확인했다.

'기억 상으로 저택 내부 경비병들의 등급은 C급에서 D급 사이였어. 지금은 얼추 D급 정도로 봐야 될 테지.'

그들은 매일 4층 복도를 오간다.

인원은 총 네 명. 교대 시간을 포함해도 빈틈은 없었다.

게다가 경비대장인 콜렌은 대충 겉으로 봐도 C급에 속하는 강자였다.

'지금 내 능력으로는 고작해야 D급 경비병 정도다. 네 명과 동시에 충돌하게 되면 결과는 뻔해.'

이동 마법진을 살피는 것조차 막아서는 그들이다. 무작정 달려드는 것은 결코 불가능했다.

'일단 저택 내부를 좀 둘러봐야겠군.'

판단이 서자마자 빠르게 식사를 마쳤다. 그리고 재차 방문한 하녀와 함께 방을 나왔다.

"어디를 가시는 겁니까?"

"간단히 저택을 둘러보려고 한다."

"그럼 제가 직접 안내해 드리겠습니다."

예상대로 콜렌이 안내역을 자처했다. 용찬은 가볍게 고개를 끄덕인 뒤 다른 두 명도 추가로 불렀다.

하나, 한 명은 이미 방 안에서 빠져나간 것인지 헥토르만이 얼굴을 비추었다.

"으윽. 답답해 죽는 줄 알았어요, 마왕님."

"루시엔은 어디로 갔지?"

"그분이라면 정원 내 연무장에 계십니다."

대답은 다른 경비병의 입에서 나왔다. 아무래도 아침 일찍 연무장으로 찾아간 모양이었다.

"……연무장이라."

"우선 일행분을 따라 연무장으로 이동하시겠습니까?"

"아니, 그녀는 놔두고 따로 1층부터 천천히 안내를 시작해라."

"알겠습니다."

프로이스 가문의 식솔은 총 여섯 명이다.

전대 마왕이자 현 가주인 펠드릭 프로이스. 그리고 정부로 맞이한 두 명의 여인과 두 명의 서자. 마지막으로 헨드릭을 낳자마자 세상을 떠난 정실부인 오르비안까지.

어찌 보면 바쿤을 물려받은 현 마왕은 어머니의 얼굴도 모른 채 자라왔다고 봐도 과언이 아니었다.

"그래. 헨드릭은 어떻다고 하지?"

"하녀를 통해 알아본 결과 본래 알던 분위기와 전혀 달랐다고 합니다."

"역시 무언가 달라진 건가."

유독 금발이 인상 깊은 여인이 고민에 빠졌다.

첫 번째 정부이자 정략결혼의 희생자, 모르안이었다.

"하오나 하녀의 보고만으로 판단하긴 이릅니다. 순전히 연기를 하는 것일지도 모르는 데다 아직까지 망나니란 오명은 벗겨지지 않은 상태입니다."

그의 말대로다. 직계 혈통이란 이유로 바쿤을 물려받은 망나니는 명예를 세우긴커녕 가문의 명예에 먹칠만 해왔다. 최근 들어선 어떤 변화가 생긴 것인지 서열전에서 승리하기도 했지만 모르안은 대수롭게 여기지 않았다.

결국 지금은 가문에게 버림받은 최하급 마족이지 않은가. 이제 와서 저택으로 초대받았다고 해도 달라지는 것은 없었다.

"그래, 이건 확실히 기회야. 그놈이 저택에 있는 지금 완벽히

기를 꺾어놔야 해."

"예. 지금도 펠드릭 프로이스 님은 대면에 응하지 않고 있습니다. 아마 서열전에서 승리한 도련님의 반응을 살피시려는 것 같습니다."

"그는 지금 고민하고 있을 테지. 여태껏 사고만 치고 다니던 망나니였으니 단번에 인정하려 들지 않을 거야. 벨켐, 얼른 가서 질시언을 불러와."

"알겠습니다, 모르안 님."

유일하게 가문 내에서 뜻을 받드는 집사다. 충실하게 펠드릭의 명을 따르는 병사들과 달리 그는 저택을 관리하면서도 모르안을 따랐다. 그리고 이번에도 충성을 증명하듯 잽싸게 질시언을 불러왔다.

"부르셨습니까, 어머님."

"어서 오럼. 소식은 들었겠지?"

"그 망나니 놈이 가문으로 복귀한 것 말입니까?"

"일시적인 복귀지. 어떻게 베텔과의 서열전에서 이긴 것인지는 몰라도 이건 기회야."

"딱 봐도 쓸 만한 병사를 얻어 간신히 이긴 것이겠지요. 놈은 결국 최하급 마족일 뿐입니다. 제가 이번에 정신을 번쩍 들게 만들겠습니다."

어떤 방면으로도 재능이 없던 누군가와 달리 질시언은 검술에 재능이 있었다. 모르안은 그 재능을 살리기 위해 마계 내에서 유명한 기사들을 초청해 아들을 가르치게 했고, 지금은 어엿한 기사가 되어 각 대회에서 우승을 휩쓸 정도였다.

하나, 그가 아무리 주목을 받아도 결국 가문 내에서는 서자 신세. 가문의 성과 마왕성을 물려받지 못한 것은 변함이 없었다.

'헨드릭이 망나니로 불릴 때부터 질시언에 대해 계속 관심을 끌게 만들었지만 펠드릭은 눈길조차 주지 않았지. 이번에 헨드릭이 완전히 인정받게 되면 기회는 없을 거야!'

어떻게든 헨드릭을 더 망가트려야 했다.

모르안은 질시언의 양 어깨를 쥐며 설명했다.

"지금 놈은 저택을 둘러보고 있다고 하더구나. 하지만 주변에 경비병들이 있어 쉽게 접근은 하지 못할 게다."

"그럼 어떻게 해야 합니까?"

경비대원은 모두 펠드릭의 직속 병사들이다.

질시언은 곤란하다는 표정으로 고개를 갸웃거렸지만 모르안은 아니었다.

그녀는 양 입가를 말아 올리며 대답했다.

"우선 계기를 만들어야겠지."

그 시각, 저택을 둘러보던 용찬은 1층 홀에 도착했다.

"여기가 마지막 홀입니다. 주로 연회나 집회를 열 때 사용되는 곳이죠."

중앙 계단을 중심으로 양쪽 무대가 드러난다. 2층에 위치한 테라스까지 포함한다면 상당히 넓은 공간이었다.

용찬은 익숙한 구조들을 마저 확인하며 인상을 구겼다.

'결국 이렇다 할 소득은 없는 건가. 이런 저택이라면 다른 통로쯤은 있을 거라 생각했는데.'

헨드릭 고유의 기억은 불안정하다. 몸은 차지했지만 영혼의 영향 때문인 것인지 직접 보고 들어야 어렴풋이 기억이 떠올랐다.

그래서 직접 비밀 통로를 찾아보려 했지만 아직까지 찾아낸 것은 없었다.

"우와, 마왕님. 여기 와보세요. 정원이 한눈에 들어와요!"

언제 올라간 것인지 헥토르가 2층 테라스에서 손을 흔들었다.

콜렌은 잠시 위를 올려다보다 이내 물어왔다.

"어찌시겠습니까. 더 구경하시겠습니까?"

"……더 이상 볼 것은 없군. 이만 방으로 돌아간다."

"알겠습니다. 저쪽 일행분은 따로 경비병을 붙여 드리겠습니다."

"편할 대로 해라."

허락된 4층부터 1층까지 건물 내는 모두 살폈다. 드넓은 정원까지 추가로 확인했으니 더 이상 돌아다니는 것은 시간 낭

비였다. 용찬은 즉시 홀을 빠져나갔다.

그 순간, 정면으로 한 여인이 다가왔다.

"어머, 헨드릭 아니니. 가문으로 복귀했다는 얘기를 듣긴 들었는데 실제로 보니 정말로 반갑구나."

"……."

"이젠 인사도 안 받아주는 거니. 약간 서운하구나."

서글픈 두 눈동자. 진심으로 안타까워하는 표정이다.

하나, 반응을 하기 이전에 속부터 메슥거려왔다.

'너만 없으면 돼. 너만 없으면 난 가문에 정식으로 이름을 올릴 수 있다고!'

문득 그녀가 통곡하던 장면이 떠오른다. 어릴 적 헨드릭의 목을 부여잡고 소리치던 그 모습은 머릿속에 남아 있었다.

'……모르안. 샤들리 가문의 사생아이자 정략결혼으로 인해 프로이스 가문의 넘어온 정부. 트라우마처럼 떠오르는 지금 기억은 역시 이 마족 때문이겠지.'

두려움이란 감정이 온몸으로 느껴졌다. 아마 헨드릭은 그녀에 대한 두려움으로 인해 이 사실을 가문 내에 밝히지 못했을 터. 이제 와서 그 사실을 밝힌다 해도 망나니인 그의 말을 들어줄 리는 만무했다.

그 사이, 곁에 서 있던 콜렌은 가볍게 고개를 숙이며 앞으로 나섰다.

"반갑습니다, 모르안 님. 무슨 용건으로 오셨습니까?"

"저택을 돌아다니는데도 이유가 필요한가요, 콜렌 경? 저희는 그냥 우연히 마주친 것뿐이에요."

"음. 그러시군요. 알겠습니다."

그는 빠르게 의심을 접고 뒤로 물러나 조심스럽게 둘을 번 갈아 쳐다봤다.

'듣기로 도련님은 옛날부터 모르안 님을 피해 다니셨다고 하셨어. 아마 무언가 두려움을 갖고 계신 거겠지. 일단 이번 일도 보고해야겠군.'

이전부터 샤들리 가문의 움직임은 묘연했다. 특히 모르안이 넘어온 이후엔 여러모로 불미한 사건이 연달아 발생했고, 심지어 헨드릭을 대상으로 암살 기도가 벌어지기도 했다.

프로이스 가문은 그때마다 범인을 찾아내려 했지만 여간 꼬리가 잡히지 않았다. 그러다 보니 가문 내 직속 휘하 병사들은 자연스레 그녀를 경계할 수밖에 없는 상황이었다.

'일단 듣던 것과 달리 성격이 많이 바뀐 것 같지만 역시 모르안 님은 어쩔 수 없나 보군.'

잠시 동안 정적이 흐른다.

예상대로 헨드릭은 그녀 앞에서 머뭇거리는 듯 보였다.

하나, 그것은 순전히 콜린의 착각이었다.

"오랜만이군, 모르안."

"어, 어? 그, 그래. 반갑구나."

헨드릭, 아니, 용찬은 자연스럽게 하대하며 손을 내밀었다.

그런 태도에 곁에 있던 콜린은 물론 모르안까지 몹시 당황하며 뒤늦게 손을 맞잡았다.

'지금 느끼는 감정은 결국 헨드릭 본연의 감정일 뿐, 내가 느끼는 게 아니야. 이 몸을 차지하게 된 이상 저 마족도 처리해야 할 테지.'

저택 내에서 벌어진 사건은 대부분 미제로 남았지만 트라우마만 떠올려 봐도 얼추 범인은 예상됐다.

가문으로 복귀한 후계자를 가만히 놔두진 않을 터, 앞으로도 샤들리 가문의 힘을 빌려 교묘히 수작을 걸어올 것이다.

'하지만 무력하기만 하던 망나니 때와는 달라. 저 마족은 어떻게든 서자 놈을 후계자로 만들려 하겠지만 그때마다 다시는 넘보지 못하게 철저히 부숴 버린다.'

지금은 주변 모든 것을 이용해 빠르게 성장해야 했다.

용찬은 금세 마음을 추스른 모르안을 보며 가볍게 고개를 까딱였다.

"그럼 이만 가보……."

"크, 큰일 났습니다!"

복도 반대편에서부터 경비병이 허겁지겁 달려왔다.

그는 호흡을 다스릴 새도 없이 콜린에게 보고했다.

"무슨 일이냐."

"여, 연무장에서 도련님 일행분과 질시언 님이 대련을 벌이고 있습니다!"

"뭣이? 도대체 어떻…… 아니, 아니지. 우선 연무장으로 간다!"

가주의 서신을 통해 초대받은 특별한 손님이다. 어떤 이유든 가문 내 인물과는 무조건 충돌을 피해야 했다. 콜렌과 경비병들은 다급히 저택 바깥으로 뛰쳐나갔다.

복도에 남겨진 용찬은 자연스레 모르안을 쳐다봤다.

"크, 큰일이구나. 어서 우리도 가보자꾸나!"

"……."

"왜 그러니, 헨드릭? 이럴 때가 아니란다!"

"……아무것도 아니다."

속내가 뻔히 보이는데도 능청을 떤다. 복도에서 우연히 마주친다는 상황도 전부 그녀의 계획일 것이다.

'혹시나 연무장을 방문할까 싶어 일부러 시간을 끌었나 보군. 일단 루시엔 쪽으로 가보는 게 우선이겠어.'

헨드릭의 기억 상 질시언은 뛰어난 기사였다. 고작 E급 검사인 루시엔으로선 전혀 상대가 되지 않았다.

용찬은 모르안을 따라 빠르게 연무장으로 도착했다.

그리고 마침 바닥을 나뒹구는 루시엔을 발견했다.

"으으윽!"

만신창이가 된 채로 고통스러워하는 상황. 다행히 목검으로 대련한 것인지 목숨은 건졌으나 피해는 심각했다.

"머, 멈추십시오, 질시언 님. 지금 이게 무슨 짓입니까?"

"아, 콜렌 경이군. 오호. 그 뒤에 보이는 것은 헨드릭 형님인 건가?"

목검을 갈무리한 금발의 미청년이 천천히 걸어온다. 그. 아니, 질시언은 당당히 용찬 앞에 멈춰 서며 씨익 웃었다.

"오랜만입니다, 형님."

어릴 적부터 질시언과 헨드릭은 늘 비교 대상이었다.

권능도 발현하지 못한 후계자와 달리 서자로 들어온 질시언은 일찍이 권능을 발현했고, 검술 쪽으로도 큰 재능을 보였다. 그리고 더 나아가 여러 대회에서 두각까지 드러냈지만 결국 펠드릭에게 인정받진 못했다.

'서자와 후계자의 차이겠지. 이런 망나니를 위해 질시언에 대한 정보도 가문에서 거의 차단했었으니까.'

대부분 가문 내에서만 알고 있는 사실이다. 만약 두 명의 입장이 서로 달랐다면 진작 질시언이 마왕성을 물려받았을 것이다.

"이런, 부상이 심하군. 너희들은 얼른 손님을 데리고 치료를 하러 가라."

"알겠습니다."

"그리고 질시언 님, 어떻게 된 일인지 설명해 주시기 바랍니다. 안 그러면 저희도 가만히 있을 수 없습니다."

정식으로 가문 복귀 서신을 받은 후계자와 병사들이다.

아무리 서자라도 그들을 건드리는 것은 불가능했다.

콜렌은 검 손잡이를 쥔 채 질시언을 추궁했다.

하나, 본인은 오히려 어깨를 으쓱이며 고개를 저었다.

"일부러 한 게 아니라고. 우연히 연무장에서 마주친 데다가 정식으로 대련을 요청하길래 받아준 것뿐이야. 게다가 겨우 목검 대련이었잖아. 왜 그리 정색하는 거지, 콜렌 경."

"⋯⋯정말 사실이라고 해도 저희는 그 과정을 알지 못하는 데다가 대련이라고 하기엔 손속이 과했습니다. 이렇게 되면 어쩔 수 없이 따로 가주님께 보고를 드려야 하는데 정말 괜찮겠습니까?"

"거참, 너무하네. 헨드릭 형님은 어떻게 생각하십니까. 설마 형님도 그렇게 생각하시는 건 아니겠죠?"

익숙지 않은 존칭이다.

모르안과 경비 대장 앞이라서 그런 것일까. 대우는커녕 매번 무시하던 용찬에게 가식을 떨었다.

물론, 오만한 태도는 그대로였지만 말이다.

'쓸데없는 짓을 다 하는군. 이런 상황을 노린 거였나.'

루시엔과 대련해 사고를 터트리고 말았지만 오히려 두 모자에게 있어선 기회나 다름없었다.

예상대로 옆에 있던 모르안이 먼저 나서기 시작했다.

"질시언, 지금 이게 무슨 짓이니. 아무리 사이가 안 좋다고 해도 당당히 서열전에서 승리하고 돌아온 헨드릭의 병사에게 이런 피해를 주다니!"

'당당히 서열전에서 승리한 병사란 것을 강조하고.'

"정식 대련이라고 해도 이런 건 용납할 수 없구나!"

'재차 정식 대련이란 것까지 인식시켜 준다.'

"얼른 콜렌 경과 헨드릭에게 사과하렴."

'뻔하군.'

웃음이 나올 지경이다.

베텔과의 서열전에서 승리한 용병이 서자에게 무참히 패배했다? 헨드릭으로선 체면이 구겨지지 않을 수가 없었다.

게다가 콜렌은 항시 펠드릭에게 보고를 올려야 하는 상황. 만약 이대로 상황이 마무리된다 쳐도 루시엔이 대련에서 패배한 사실은 그대로 알게 될 것이 뻔했다.

'어찌 보면 마족도 인간들과 다를 게 없는 것 같군. 아니, 완전히 동일해. 유치하면서도 간교하기 짝에 없지.'

미첼에 오면서 그 생각은 더욱더 강렬해졌다.

'하나 너희들이 단단히 착각하는 게 있다면.'

용찬은 그런 존재들 사이에서 무려 10년 동안 지내온 하멜의 생존자였다.

'이 상황은 너희들뿐만 아니라 나에게도 기회라는 것이지.'

두 모자 사이에서 고민하는 콜렌이 눈에 밟힌다.

그의 말이 사실이라면 더 이상 기다릴 필요도 없었다.

용찬은 입꼬리를 말아 올리며 앞으로 나섰다.

"정식 대련이니 어쩔 수 없는 상황 같군. 따로 사과할 필요는 없다. 내 병사가 부족해서 패배한 것일 뿐, 변명 따윈 구차한 법이지."

"……도련님?"

"하지만 마왕으로서 병사의 설욕은 대신해 줘야겠지. 이번에는 내가 제안하마. 나와 정식 대련을 해라. 수락만 한다면 이기든 지든 이번 사건은 그대로 넘어가 주마."

전혀 예상치 못한 반응이다. 연무장에 있던 세 명은 갑작스러운 제안에 모두 당황해했다. 그리고 정면에 있던 질시언은 유독 기가 찼는지 두 눈을 깜빡거렸다.

"이 정도면 너에겐 아주 만족스러운 제안 아닌가?"

"……."

"설마 두려운 것은 아니겠지?"

가벼운 도발이 이어진다.

멍하니 서 있던 상대는 즉시 정신을 차리고 먹이를 덥석 물었다.

"으득. 그럴 리가요. 이거 형님이 먼저 제안해 주시니 오히려 감사할 따름입니다. 좋습니다. 나중에 가서 절대 딴소리하지 마십시오. 이번 정식 대련은 분명 헨드릭 형님이 먼저 건 것입니다."

순식간에 결정된 두 번째 정식 대련. 이번 상대는 병사가 아닌 바쿤의 마왕이었다.

질시언은 이를 갈며 목검을 꺼내 들었다.

그리고 용찬은 가볍게 어깨를 풀며 고개를 끄덕였다.

"절대 그럴 일은 없을 거다."

어느새 두 명은 연무장 중간에서 대치한 채 서로 자세를 잡고 있었다.

현재 등급은 E급. 이미 능력치만으로도 F급은 넘어선 지 오래다.

'질시언의 권능은 상대의 경로를 미리 예측하는 것. 검술 쪽 숙련도도 나름 쌓았겠지. 재능 면으로는 헨드릭과 차이가 나지만 아직 E급 정도다.'

정확히는 D급과 E급 사이일 것이다. 직접 그의 전투를 본 적은 거의 없지만 권능 유무부터 이미 수준은 벌어져 있다고 봐도 무방했다.

그 증거로 모르안도 벌써 승기를 잡은 것마냥 조소를 짓고 있지 않은가.

이 대련은 누가 봐도 승패가 뻔한 싸움이었다.

"도, 도련님과 질시언 님. 두 분 모두 멈춰 주시기 바랍니다. 전 아직 이 대련을 인정하지 않았습니다."

뒤늦게 정신을 차린 콜렌이 둘 사이로 끼어들었다. 질시언을 응시하던 용찬은 가볍게 손을 저어 거부 의사를 밝혔다.

"모든 책임은 내가 진다. 거기서 구경이나 하도록."

"하, 하오나!"

"가문에서 추방당했다지만 현재 나는 가주님의 서신을 받고 일시적으로 복귀한 상태다. 가주님 다음으로 내 권한이 높다는 것을 잊진 않았겠지?"

"……알겠습니다."

가문 내 서열 구조상 헨드릭의 위치는 두 번째다.

달리 반박할 말을 못 찾은 콜렌은 어쩔 수 없이 뒤로 물러났다. 그리고 곁에 있던 모르안이 잽싸게 그를 부추겼다.

"어차피 이렇게 된 거 콜렌 경이 심판을 보면 어떨까 생각이 드네요."

"음, 확실히 그렇긴 합니다만."

"현재 콜렌 경의 실력은 둘을 간단히 제압해낼 수 있는 수준이잖아요. 대련이 예상보다 격렬해지면 즉시 끼어들어 말리면 되니 괜찮을 거라 생각해요."

그녀의 제안은 타당했다.

플레이어 등급으로 친다면 콜렌의 등급은 C급. 이런 상황에서 경비 대장을 심판으로 내세운다는 것은 가장 적당한 타협점이었다. 그리고 콜렌도 나름 맞다고 생각한 것인지 잠시 고민을 하다 이내 고개를 끄덕였다.

"그렇다면 알겠습니다. 제가 일단 심판을 맡도록 하죠. 하지만 이번 대련 또한 가주님께 보고가 된다는 것만큼은 알아두시기 바랍니다."

"형님과 끝을 보고 싶지만 콜렌 경 생각이 그렇다면야 어쩔수 없죠."

"마음대로 해라."

모든 준비는 갖춰졌다.

콜렌은 즉시 중앙에 서서 신호를 준비했다. 그리고 잠시 뜸을 들이더니 이내 대련 시작을 알렸다.

'겁도 없이 대련 신청을 한 것을 후회하게 해주지. 우선 간단히 실력이나 볼까. 뭐, 망나니 놈이 정신 차렸다고 해봐야 거기서 거기겠지만.'

항상 대회에서 일방적인 승리를 안겨주던 권능이 있다. 게다가 검술에 대한 재능까지 천부적이다.

고작 망나니 놈에게 당할 정도로 허술하지 않았다.

질시언은 천천히 상대를 갖고 놀 방법을 떠올리며 탐색전을 벌였다.

하나, 그러던 도중 용찬이 갑자기 자세를 풀었다.

"그러고 보니 약간 미안하군. 넌 목검인데 난 이렇게 장비를 차고 있으니 전혀 공정하지가 않아."

"전 전혀 상관없습니다. 오히려 형님과 대련하려면 이 정도 페널티는 감수해야 딱 맞지 않겠습니까?"

"……그런 건가."

"아, 물론 베텔과의 서열전에서 이기신 지금의 형님은 좀 다를지도 모르지만 말이죠."

교묘하게 신경을 건드리는 말이다.

하나, 용찬은 오히려 흡족해하며 입가에 미소를 띠었다.

"그럴 줄 알았다."

앞으로 쏟아지는 신형. 어느새 양팔로 뭉친 뇌격은 순식간에 질시언의 복부로 파고들었다.

파지지직!

간발의 차로 주먹이 목검에 가로막힌다.

전혀 예상치 못했던 전개다.

질시언은 당황한 기색으로 잽싸게 거리를 벌렸다.

'무, 무슨. 방금 그것은 뭐지. 권능을 발현하기도 전에 거리를 좁히다니.'

자칫 잘못했으면 시작부터 큰 타격을 입을 뻔했다.

게다가 양 주먹에서 피어오르는 뇌격.

왠지 모르게 위험한 느낌이 들었다.

질시언은 자신의 방심을 깨닫고 즉시 반격에 나서려 했다.

[전투 돌입(무투가 전용)이 발동됩니다.]

[붕권이 발동됩니다.]

그러나 용찬은 틈을 주지 않고 몰아치기 시작했다.

까앙! 까앙! 까앙!

마치 철검이 울리듯 상당한 위력이 목검에 전해진다.

마계에서도 거의 겪어본 적이 없었던 무투가의 기세다.

'큭. 이 망나니 놈이 무투가인 것은 자세를 보고 대충 예상은 했지만…….. 이전에 만났던 무투가 나부랭이들이랑은 차원이 다르잖아!'

이렇게 가까이 달라붙었을 땐 권능도 쓸모가 없었다.

게다가 지금은 목검의 내구도마저 걱정해야 할 때다.

'이렇게 되면!'

질시언은 이를 악물며 마력을 끌어올렸다.

[마력 방출이 발동됩니다.]

전신으로 푸른 기운이 뿜어져 나온다. 끊임없이 속공에 박차를 가하던 용찬은 즉시 뒤로 물러나 숨을 가다듬었다.

어느 정도 여유가 있던 그와 달리 질시언은 급히 숨을 헐떡였다.

"하아, 하아. 잘도 나를!"

"심히 보기 안 좋군. 힘들면 말해라. 당장 목검에서 진검으로 바꿔줄 의향도 있으니까."

"닥쳐!"

서서히 본색을 드러낸다. 순간적이나마 일방적으로 막기에만 급급했으니 자존심이 상할 만도 했다.

그리고 먼발치에서 그 상황을 지켜보던 두 명은 서로 각각 다른 반응을 보였다.

'서열전에서 승리했단 소식을 듣긴 들었지만 이 정도였다니! 아무리 목검이라 하더라도 상대는 기사 작위까지 수여받은 중급 마족일 텐데. 설마 저 뇌격이 이번에 발현된 권능이기라도 한 건가?'

'말도 안 돼. 한낱 최하급 마족 놈이 저런 무력을 가졌을 리 없어. 우, 우연이겠지. 아니, 만약 맞다고 해도 저 정도가 한계일 거야. 질리언이 절대 질 리 없어.'

두 눈이 휘둥그레진 콜렌과 초조한 기색을 애써 감추는 모르안. 그 정도로 대련은 시작부터 커다란 반향을 일으킨 상태였다.

"으득. 그 여유도 여기까지일 거다!"

"그러면 좋겠군."

"이익!"

분노를 가라앉히지 못한 질시언의 두 눈이 붉게 물들었다.

예언의 마안. 마족들 사이에서 오직 한 명만 가지고 있는 고유 권능이다. 그리고 연달아 또 한 가지 주특기가 선보여졌다.

[발검(검사 및 기사 전용)이 발동됩니다.]

"쥐새끼처럼 잘 피해봐라. 손도 쓰기 전에 반쯤 죽여줄 테니."

커다란 원형 홀 구조로 건축된 연무장이 무대로 바뀌었다.

루비처럼 영롱한 두 눈동자가 공간을 장악했고, 검의 사정거리는 이미 한계를 넘어선 지 오래였다.

한 발자국, 또 한 발자국 내디딜 때마다 느껴지는 살기. 미리 움직임을 예측하는 예언의 마안 때문인지 쉽사리 접근하기 힘들었다.

'그래도 어디 한번.'

현 능력치로 월등한 속도를 내긴 어렵다.

용찬은 대쉬 스킬을 아낀 채 좌우로 달리기 시작했다.

거의 거리를 좁혔다고 생각할 무렵, 채찍이 쏘아졌다.

파지지직!

격렬히 반응하는 뇌격. 마치 채찍처럼 쏘아진 발검의 위력은 예상보다 더욱 위협적이었다.

"하하. 마음껏 도망쳐 보라고. 어차피 내 손바닥 위니까!"

"……."

"왜 그래. 이제 상황 파악이 좀 되나 보지? 걱정 마. 아직 멀었다고!"

속사포처럼 쏟아지는 발검. 드디어 승기를 잡았다고 생각한 것인지 질시언의 손놀림은 더욱 빨라졌다. 반대로 공격을 막아내던 용찬은 갈수록 버거워졌다.

그리고 이런 일방적인 공방이 지속되자 모르안의 얼굴엔 활짝 미소가 피어났다.

'됐어. 이제 헨드릭에게 가망은 없어. 이대로 무참히 패배시키는 거야, 질시언!'

예언의 마안이 발동되는 이상 거리는 좁혀지지 않는다. 게다가 마안의 효과를 통해 발검의 명중률까지 극대화된 상태. 이대로 콜렌 앞에서 우위를 가리기만 한다면 계획은 성공이었다.

"큭!"

또 한 번 발검을 막아낸 용찬의 신형이 뒤로 밀려난다. 계속된 공방으로 체력이 소모된 것인지 호흡이 거칠었다.

"벌써 쓰러지지 말라고. 아직 제대로 손맛도 못 봤으니까."

"후우. 확실히 경험해 보니 힘들긴 하군."

"고작 힘든 정도? 아직까지 폼 잡는 걸 보니 그 순간적으로 빨라지는 스킬을 믿고 있나 본데, 어디 다시 한번 써보라고. 이젠 다를 테니까."

일찌감치 이런 무대를 위해 거리를 벌려둔 것이다.

질시언은 자신감 넘치는 표정으로 느긋이 손짓했다.

그 순간, 관전하고 있던 콜렌이 중앙으로 끼어들었다.

"이만하면 된 것 같습니다. 더 이상의 대련은 아무런 의미도 없을 것 같으니 이만 대련을 중지해 주십시오, 도련님."

"누가 멋대로 끼어들라고 했지?"

"하오나 이대로라면……!"

"접근도 하기 전에 검에 베일 거라고 말하고 싶은 거냐."

확실히 정면으로 대쉬를 쓰게 되면 위험하다. 움직이는 도중 일직선으로 발검을 마주하게 된다고 생각했을 때 위험부담은 수백 배. 특히 마안까지 발동한 상태에서 피하는 것은 더더욱 어려웠다.

하나, 그것은 오로지 여태껏 봐온 자신의 기준일 뿐.

"웃기지 마라."

결코.

"네놈은 단지 착각하고 있는 것뿐이다."

그들은 모든 것을 알지 못했다.

용찬은 사나운 기세로 뇌격을 이끌어냈다.

그리고 서릿발처럼 싸늘한 두 눈빛으로 콜렌을 노려봤다.

"가문의 후계자 헨드릭 프로이스가 내린 명령. 넌 벌써 그것을 어겼다. 처벌은 각오하고 있는 거겠지?"

"정녕 이렇게 하……."

"두 번 말하게 하지 마라. 당장 비켜라."

공간 자체를 압도하는 분위기. 무려 C급의 경비 대장 앞에서도 한 치의 두려움 따윈 보이지 않았다.

'이, 이건 단순히 달라진 정도가 아니야. 이 정도 기세라면……!'

문득 전대 마왕들이 떠올랐다. 비록 지금은 자리에서 내려와 가주를 맡고 있지만 몇 번이나 수라장을 거쳐온 그들의 기세는 엄청났다.

한데 그런 자들의 기세와 동일한 수준이라니?

눈앞에서 보고 있지만 콜렌은 쉽사리 믿기지 않았다.

그리고 그것은 질시언과 모르안도 마찬가지였는지 이전보다 더욱 당황해 있었다.

"아, 알겠습니다. 도련님. 우선 물러나겠습니다. 다만 둘 중 한 분이라도 전투 불능 상태에 처하면 전 즉시 대련을 중단할 터이니 알고 계시기 바랍니다."

"그 부분은 사전에 모르안과 타협했을 텐데. 더 이상 방해하지 말고 비켜라."

"……끄응."

불미스러운 일을 막고자 나섰으나 기세에서부터 밀려 버린 콜렌. 곁에 있던 모르안은 뒤로 물러나는 그를 보며 입을 떡 벌렸고, 그녀가 놀라는 사이 대련은 재개됐다.

"······큰소리치긴 했지만 더 이상 방법이 있을 것 같아?"

"이제 그 주둥이도 그만 나불거려 줬으면 좋겠군."

"개자식이!"

날렵한 풍압이 뺨을 스쳐 지나간다. 상체를 숙인 채 좌측으로 점멸한 신형은 이내 방향을 틀었다.

급히 브레이크가 걸리는 자세. 용찬은 재빨리 좌우로 대쉬를 시전하며 변칙적인 움직임을 보였다.

"어림없다고!"

재차 발검이 급소를 노린다.

얼추 가능한 재사용 시간은 약 3초.

용찬은 두 눈을 빛내며 그대로 발검으로 손을 내뻗었다.

"도, 도련님!"

"아하하하. 멍청하긴!"

별다른 보호구가 없던 팔목으로 발검이 적중했다.

아니, 정확히는.

까앙!

강제적인 스킬의 힘에 의해 칼날이 튕겨졌다.

"친절히 알려주마."

흉포한 기세가 전신으로 퍼진다. 어느새 한 마리의 짐승이 된 마왕은 인정 사정 볼 것 없이 정면으로 달려들었다.

"이익. 저리 꺼져!"

"첫 번째. 내가 네놈의 기술들을 어느 정도 봐왔다는 것."

두 명의 시선이 교차하는 순간 기술의 재사용 시간도 동시에 돌아왔다.

[발검이 시전됩니다.]
[카운터가 발동됩니다.]

단숨에 부서지는 목검.

질시언은 허망한 두 눈빛으로 검을 내려다봤다.

"두 번째. 네놈이 멍청하게 목검을 선택했다는 것."

마침내 거리가 좁혀졌다. 오만하게 승리를 확신하던 자는 지레 질색하며 뒷걸음질 쳤고, 마왕은 즉시 사냥을 시작했다.

파지지직!

복부로 파고드는 뇌격.

도망을 치려 하던 질시언의 몸이 즉시 굳어버렸다.

"모, 몸이!"

"세 번째."

"커억!"

안면을 직격당한 신형이 바닥을 나뒹군다. 비참한 신세로 검까지 잃은 질시언은 몸을 부르르 떨며 고개를 들었다.

그리고 자신을 내려다보던 마왕이 종언을 알렸다.

"넌 나에 대해 아무것도 모른다는 것."

그날, 연무장에서 벌어진 대련은 모두의 예상과 달리 커다란 반전을 일으키며 종결되었다.

"……이것으로 보고는 끝입니다."

짙은 마기가 고요히 물결친다. 어둡고 탁하던 방 안은 다섯 명의 인영 주위로 차차 밝아졌다. 보고를 위해 문 앞에 서 있던 콜렌은 절로 마른침을 삼켰다.

'항상 이곳으로 올 때마다 적응이 안 되는군.'

현재 자신이 마주하고 있는 자들은 가문을 이끌어온 위대한 자들이다. 아무리 충성을 다하고 있다지만 두려움이 느껴지는 것은 어쩔 수 없었다.

"이것이 정말 사실이더냐?"

먼저 입을 연 것은 서류를 쥐고 있던 중앙의 사내였다.

"예, 사실입니다."

"허어. 이것은 또 예상 못 한 전개로군."

"흥. 베텔과의 서열전에서 이겼다고 하더니 부하들 덕은 아니었나 보군."

좌측 두 명의 노인이 서로 다른 반응을 보였다.

겨우 그들이 숨을 내쉬는 것만으로도 느껴지는 중압감. 이 장소에는 어울리지 않던 한 사람만이 호흡곤란을 느꼈다.

'프로이스 가문의 원로님들은 정말 대단하군. 몇백 년이 지났음에도 이런 마력이라니.'

저택으로 발령된 지 얼마 되지는 않았지만 그들의 정체는 쉽게 구분이 가능했다.

하나, 그들보단 오히려 중앙의 사내였다.

큼직한 덩치, 뒤로 넘긴 올백 머리. 그리고 붉은 정장 사이로 넘실거리는 강대한 마력까지.

주위 원로들이 서로 대화를 나누고 있음에도 불구하고 위축되는 기색은 전혀 느껴지지 않았다.

오히려 그는 서류를 쥔 채 전신으로 불길을 만들어냈다.

"아뜨뜨뜨!"

"에잉. 평소에도 감정 컨트롤 좀 하라고 그리 일렀거늘."

"쯧. 눈 버렸군. 이만하면 회의는 끝난 셈이니 먼저 돌아가세."

"……."

동시에 네 명이 자취를 감추었다.

홀로 남겨진 사내, 아니, 펠드릭은 불길 속에서 나직이 고개를 들었다.

"녀석. 드디어 정신을 차린 건가."

"······아직 시기상조라고 봅니다. 우선 가주님께서 직접 도련님을 만나 보셔야 할 것 같습니다."

"음. 그렇겠지. 그래, 직접 보고 판단해야 할 문제겠어."

가문에서 내쫓고 마왕성에 대한 지원까지 끊었었다. 그 정도로 프로이스 가문을 먹칠한 죄는 쉽게 용서되지 않았다.

펠드릭은 근엄한 얼굴로 자리에서 일어났다.

"조만간 일정을 잡아두도록. 직접 헨드릭을 봐야겠다."

"알겠습니다, 가주님."

"그 전까진 따로 접촉은 삼가도록."

일 년에 한 번 있을까 말까 한 회의. 원로들과 가주가 한자리에 모이는 특별한 자리는 그렇게······.

"가주님, 우선 복장부터 갖추셔야 할 것 같습니다."

"음. 아아, 고맙군."

나체로 서 있던 가주가 옷을 건네받고 주섬주섬 입기 시작했다.

콜렌은 고개 한 번 돌리지 않고 질문했다.

"질시언 님에 대한 조치는 어떻게 하시겠습니까?"

"······당분간 근신 명령을 내리도록. 그리고."

붉게 물든 눈동자가 빛을 발한다.

펠드릭은 정장의 옷깃을 매만지며 추가 지시를 내렸다.

"모르안 주위로 인원을 추가 투입시키도록."

멀쩡한 상태로 돌아온 홍염의 패자는 즉시 방을 떠났다.

홀로 남은 콜렌은 조심히 고개를 숙여 예의를 표했다.

[대쉬 스킬의 레벨이 상승했습니다.]

[뇌 속성력이 상승했습니다.]

정식 대련을 통해 얻은 것은 두 가지다. 먼저, D급 스킬인 대쉬의 레벨이 올라 기력 소모가 줄어들었다.

'이건 나름 괜찮군. 기력 소모가 심해 나름 조절을 해야 했는데, 그나마 걱정이 줄었어.'

어떤 스킬이든 레벨 상승은 희소식이다.

반대로 속성력은 당장 판단을 내리기 어려웠다.

'제단장의 장갑 효과 때문인 건가. 뇌격의 위력이 상승 하면 더욱 쓸 만해지긴 하겠지만 의외로군.'

장비의 효과를 통해 숙련도를 올리는 것은 드문 일이다.

용찬은 우선 속성력에 대한 의문을 접고 스킬을 시전했다.

[탐색이 발동됩니다.]

[프로이스 가문의 저택 4층 범위까지 탐색 효과가 활성화됨

니다.]

4층 내부 인원이 시야로 들어온다. 이전에 배치되어 있던 경비병들은 모두 물러간 것인지 복도는 말끔했다.

'벌써 하루가 지났나. 예상대로라면 슬슬 미끼를 물겠…… 음?'

속삭임의 귀걸이를 통해 발소리가 들려왔다. 맞은편 방에서부터 빠르게 돌진해 오는 탐색 스킬 속 표시.

쾅!

마침내 문을 열고 은발의 다크 엘프가 모습을 드러냈다.

"그게 사실이야?"

"이제 몸은 다 나았나 보군. 역시 프로이스 가문의 치유사라 이건가."

"말 돌리지 말고! 네가 그 질시언인가 하는 놈을 대련에서 이겼다며!"

"먼저 존대, 존칭부터 해라. 그리고 이긴 것은 사실이다. 그래서 어쩌란 거지?"

"윽!"

역으로 묻자 꿀 먹은 벙어리처럼 움찔한다. 자연스럽게 몸을 움직이는 것을 보니 부상은 완쾌된 모양이다.

과연 여러 기술 방면으로 투자하고 있는 프로이스 가문다웠다.

"따, 딱히 할 말은 없지만. 여튼 잘됐다 이거…… 죠!"

"흐음."

"그 기생오라비 같은 자식. 갑자기 들이닥쳐서 검술에 대해 운운하더니 바쿤까지 모욕했었다구요. 으으, 생각할수록 열 받아!"

얼추 대련까지의 과정이 예상됐다.

루시엔은 당시를 상기하며 질시언에 대한 분노를 계속해서 표출했다. 가만히 듣고 있던 용찬은 1회 차 때를 떠올리며 상념에 젖어들었다.

'그러고 보니 질시언이란 놈은 들은 적이 없었는데 도대체 어떻게 된 거지.'

애초에 펠드릭에게 서자가 있다는 사실도 이번 생에서 알게 됐다. 저택 습격 당시에도 없었던 것을 고려한다면 또 다른 사연이 존재할지도 몰랐다.

"그나저나……."

상념에 젖어든 사이 루시엔이 운을 띄웠다.

"제 설욕을 대신 갚아준 거였다면서…… 요?"

"기억이 잘 안 나는군."

"윽. 갑자기 왜 기억이 안 나는데요!"

"됐고 이동할 준비나 해라."

슬슬 기다리고 있던 자들이 찾아올 시간이다.

용찬은 멀리서부터 들려오는 발소리에 재깍 반응했다.

그리고 즉시 옆방에 있던 헥토르를 불러 복도에서 함께 대기했다.

"누님, 몸은 좀 괜찮으세요? 하필 제가 없을 때 그런 일을 당하셔서 무척 걱정했다구요."

"네가 있어도 마찬가지였거든. 그래도 걱정해 주니 고맙긴 하네."

"에헤헤헤. 당연한 거 아니겠어요?"

"그나저나 누가 온다는 거……."

아래 쪽 계단에서부터 경비병들이 나타난다. 비장한 표정으로 고개를 숙인 그들은 즉시 좌우로 갈라졌다. 그리고 그 사이로 콜렌이 모습을 드러냈다.

"가주님의 명을 받고 모시러 왔습니다, 도련님."

"좀 늦었군."

드디어 펠드릭 프로이스와의 대면이었다.

펠드릭 프로이스. 일찍이 불의 권능을 발현시키며 가주로 올라선 자다.

어릴 적부터 마력에 대한 친화력은 단연 최상. 갈수록 마법에 대한 성취는 빨라졌고, 펠드릭의 재능을 눈여겨본 전대 마왕은 이른 시기에 바쿤을 물려줬다.

그리고 시작된 이전 마왕들의 치열한 경쟁. 그 속에서 펠드릭은 압도적인 권능을 발현해 모두를 짓밟고 정상에 올라섰다.

'경쟁이 끝나고 얻은 칭호가 홍염의 패자. 그 이후로 프로이스 가문의 명성은 더욱 높아졌다지. 실제로도 플레이어들 사이에서 재앙의 불꽃이라 불렸으니까.'

최상위권 플레이어들도 간신히 협공으로 물리친 상대다.

그런 자를 마왕의 몸으로 다시 대면한다고 생각하니 나름 긴장감이 돌았다.

"도착했습니다. 여기가 가주님의 집무실입니다."

이동 마법진을 통해 도착한 14층.

고유 기억 속에서도 거의 와본 적이 없던 커다란 방문이 눈앞에 보였다.

"여, 여기가 홍염의 패자가 있는 집무실!"

"가주님을 실제로 뵙게 된다니. 어, 엄청 떨리는데요?"

곁에 있던 두 명이 마른침을 삼켰다.

병사들 입장에선 전대 마왕을 직접 보게 되는 일은 거의 드물 것이다.

콜렌은 한 발자국 뒤로 물러선 채 깊게 고개를 숙였다.

"저희 안내는 여기까지입니다. 부디 뜻깊은 재회 되시기 바랍니다. 도련님."

"이만 물러가라. 그리 시간을 끌 생각도 없으니."

서둘러 중립 지역 미션으로 향해야 한다. 저택에서 소비한 시간을 생각한다면 빠르게 담판을 지어야 했다.

용찬은 망설임 없이 문을 활짝 열고 안으로 들어섰다.

그리고 테라스 쪽으로 뒤돌아 서 있는 사내가 시야에 포착됐다.

'펠드릭 프로이스.'

같은 공간에 있는 것만으로도 느껴지는 중압감. 분명 이전에도 경험했던 풍부한 마력의 압박이었다.

"왔으면 먼저 문부터 닫고 자리에 앉거라."

"……."

"무척 요란스럽게도 들어오는구나."

마침내 펠드릭이 고개를 돌리며 본 모습이 드러났다.

몇십 년이 지났음에도 불구하고 거의 세월이 느껴지지 않는 외모. 그리고 마력을 통해 유지되고 있는 강인한 육체까지. 용찬은 물론 헨드릭의 기억과도 정확히 일치했다.

하나, 지금 자신은 그저 한 명의 마왕일 뿐 벌써 기세를 뺏겨선 안 됐다.

"빠르게 끝내고 싶습니다. 서신을 보낸 이유가 무엇입니까?"

"오자마자 한다는 소리가 그것이더냐, 헨드릭."

"현재 바쿤의 마왕성을 물려받은 상태입니다. 호칭에 신경을 써주시기 바랍니다, 가주님."

한 치 물러섬도 없는 두 명의 눈빛이 충돌했다. 옆에 앉아 있던 헥토르는 식은땀을 흘리며 안절부절못했고, 루시엔은 당황해하며 자신의 주인을 쳐다봤다.

치열한 신경전 속에서 백기를 든 것은 펠드릭이었다.

"후우. 확실히 달라지긴 한 모양이구나. 이전까지만 해도 이런 태도로 날 마주한 적은 없었거늘."

"시험은 사절입니다. 본론으로 들어가 주시죠, 가주님."

"……하지만 아직 나는 인정하지 않았다. 다시 그때로 돌아가지 않을 거란 보장이 어디 있단 말이더냐."

강대한 마력이 방 안을 잠식한다. 엄청난 압박감에 곁에 있던 두 명은 어버버거리며 몸을 떨었다.

하나, 중간의 용찬만큼은 묵묵히 그를 마주 봤다.

'지금의 헨드릭은 누가 봐도 의심을 받기 충분하다. 그렇다면 차라리 납득시키는 것을 포기하고 미리 준비해 둔 계획대로 움직인다.'

홍염의 패자에게 기세로 맞선다는 것은 어리석은 짓이다.

하나, 이럴 경우엔 차라리 그대로 맞서는 것도 의지를 보일 충분한 방법이었다.

"절 어떻게 판단하든…… 큭!"

"판단하든?"

"……그것은 가주님의 몫일 뿐, 저에겐 아무런 상관없습니다. 계속 이렇게 시험하신다면 전 물러나 보겠습니다."

감정을 호소하듯 주위로 기세가 표출된다.

약자의 서러움과 가문에서 버려진 자식의 분노. 헨드릭 본인이 느꼈을 만한 감정들이 눈빛을 통해 전해졌다.

"……"

길게 이어지는 묘한 정적.

그 속에서 펠드릭은 한참 동안 헨드릭을 노려보다 이내 고개를 숙였다. 그리고 깊게 숨을 들이마시며 천천히 불의 권능을 이끌어냈다.

"……"

"마, 마왕님!"

"딸꾹!"

방 안 온도가 높아진다. 펠드릭은 드디어 판단을 내린 것인지 천천히 고개를 들었다.

'이 자식, 설마……'

평소 차분하던 바쿤의 마왕조차 인상이 구겨졌다.

용찬은 즉시 자리에서 일어나 방을 나서려 했다.

그 순간, 홍염의 패자가 포효를 터트렸다.

"쓸 만해졌구나, 헨드릭!"

귀가 쩌렁쩌렁 울리는 목소리에 헥토르는 어안이 벙벙했고, 루시엔은 순식간에 나체가 된 그를 보자마자 제자리에서 굳어버렸다.

그리고 용찬은.

"빌어먹을."

뒤늦게 고개를 돌리며 욕지기를 내뱉었다.

🐏

가문의 후계자는 마왕 경쟁 이후 가문을 물려받게 된다.

그 정도로 혈통의 위대함은 중요했고 항상 외부의 시선들을 신경 써야 했다.

하지만 가문은 가주만으로 돌아가는 것이 아니다. 오랫동안 업무를 맡아온 원로들과 중요 식솔들, 그리고 기사단과 마법 병단을 통해 항상 가문의 뜻을 내세웠다.

특히 프로이스는 절망의 대지에서 유일하게 국가적으로 군사를 일으킬 수 있는 가문. 그러다 보니 헨드릭의 행실을 가만히 두고 볼 수 없었고, 몇 차례의 회의 끝에 내려진 조치가 바로.

"가문에서 퇴출시키고 마왕성에 대한 지원을 끊는 것이었지. 나로선 그렇게까지 하고 싶지 않았지만 원로분들의 의견도 있었기에 어쩔 수 없었다."

어느새 방 안으로 들어온 콜렌이 옷을 건넸다. 펠드릭은 한 치 부끄러움도 없이 제자리에서 복장을 갖추었다.

그리고 다시 자리에 앉아 설명을 이어갔다.

"솔직히 그렇게 두면 위기를 느끼고 정신을 차릴 줄 알았다. 하나, 아니었지. 그러다 보니 질시언을 아예 후계자로 올리자는 의견도 많았지만 내가 끝끝내 반대했다."

"서자를 말입니까?"

"그래. 만약 네가 서열전에서 승리하지 못했다면 주변 입김은 더욱 강해졌겠지. 이제라도 정신을 차려서 다행이야."

"그래서 복귀시킨 다음 절 시험해 본 것입니까?"

"물론이다. 가문에 먹칠만 하던 망나니 놈을 곧바로 믿어버리는 것은 어리석은 짓이지."

역시 헨드릭에 대한 인식은 그리 좋지 못했다. 가문의 입장에서도 변화를 덜컥 받아들이는 것은 불가능할 것이다.

펠드릭은 중지의 반지를 매만지며 다른 일행을 훑어봤다.

"너희들이 바쿤의 병사들인가."

다크 엘프 용병과 뱀파이어 궁수. 마왕성의 병사로선 흥미를 끌기 충분했다.

하나, 펠드릭은 이내 시선을 거둔 채 혀를 찼다.

"쯧. 애송이뿐이로군."

"으읏!"

"윽!"

당당히 베텔을 이겼지만 전대 마왕의 평가는 박하기 그지없었다.

가만히 그 상황을 지켜보던 용찬은 상체를 굽힌 채 주제를 돌렸다.

"본론으로 들어가서 용무가 무엇입니까, 가주님."

"음. 우선 미리 알려주자면 이번 서열전을 통해 네 죄가 전부 사라진 것은 아니다. 그래서 기나긴 회의 끝에 너에게 한번 더 기회를 주기로 했지."

"기회를 주는 것이라면 어떤 방식입니까?"

"가문의 명예를 드높이거나 마왕성의 등급을 높일 때마다 점차 단계별로 지원을 높이는 방식이다. 예를 들면 서열전에서 승리하는 것 정도겠지."

차차 명예를 회복하고 후계자로서 기반을 갖춘다. 헨드릭에게 있어선 거의 잃어버렸던 자격을 찾는 수준이다.

'어쨌거나 지원은 약속해 준다는 소리군. 이 정도면 가문으로 복귀한 보람은 있다.'

전혀 손해될 것이 없는 제안이다.

용찬은 즉시 고개를 끄덕이며 제안을 승낙했다.

그리고 자리에서 일어나려던 순간, 붉은 마력이 온몸으로 파고들었다.

[간파가 발동됩니다.]

[능력치 정보가 공개됩니다.]

허공으로 나타나는 시스템 창. 맞은편에 앉아 있던 펠드릭은 능숙하게 능력치들을 살폈다.

"흐음. 그나저나 권능은 아직 발현 못 했나 보구나. 무투가라고 듣긴 들었는데 어찌 픽스와 질시언을 이긴 것이냐?"

"……."

최소 B랭크 이상으로 보이는 간파 스킬. 다행히 간략한 능력치의 정보만 표기됐지만 용찬을 당황시키기엔 충분했다.

'……간파 스킬까지 가지고 있었나.'

전혀 예상치 못한 전개다. 여기서 미심쩍은 반응을 보였다간 그대로 의심을 받게 될 것이다. 우선 침착히 그가 납득할 만한 변명 거리를 만들어내야 했다.

용찬은 손에 차고 있던 장갑을 앞으로 내밀었다.

"……우연히 플레이어들의 아이템을 입수해 능력을 보완해 왔습니다."

"호오. 확실히 놈들은 마계에선 못 구하는 장비들도 구할 수 있지. 여태까지 그런 식으로 강해졌나 보구나. 마족으로서 좀 거부감이 들긴 하지만 어쩔 수 없는 법이지."

"그리 무시할 만한 것도 못 됩니다. 일부 아이템은 그들의 고유 기능을 사용케 하는 효과도 달려 있더군요. 의외로 쓸 만해서 계속 플레이어들의 장비를 모으는 중입니다."

"그렇지. 어떤 방법이든 강해지면 그만인 셈이다. 고유 기능을 사용케 하는 아이템 정도면 결코 수준이 낮지 않아. 훌륭하다, 헨드릭."

한 명은 흡족해하고, 또 한 명은 눈을 반짝인다.

펠드릭의 의심을 거둬들이며 동시에 능력에 대한 루시엔의 의문까지 풀어준, 두 명을 동시에 납득시킨 셈이었다.

'물론 성격에 대한 의혹은 풀리지 않겠지만 지금은 이 정도로 만족해야겠지.'

성급하면 일을 그르치는 법이다.

용찬은 제단장의 장갑을 돌려받고 자리에서 일어났다.

"일단 지원에 대한 문제는 그레고리에게 따로 얘기해 두도록 하겠습니다."

"그렇게 하거라. 그레고리만 한 충신도 없으니까 말이다. 돌아가는 길에 통신구도 새로 내줄 테니 가지고 가거라."

"주시는 것이라면 받겠습니다. 하지만 저희는 일단 오늘 내로 돌아가야 될 것 같습니다."

"흐음, 이유는?"

"마왕성의 업무가 많이 밀려 있습니다. 병사들의 훈련 문제도 그렇고. 양해 부탁드립니다."

정확히는 미션 공략 준비다. 현재 예상하는 시기에 맞추려면 전력은 물론 시간도 부족했다.

"그렇다면 잠시 기다리거라. 준비해 둔 물건들이 있다."

"음. 물론 주시는 것이라면 감사히 받겠습니다만."

"콜렌, 그것들을 가지고 오너라."

따로 무언가를 준비해 둔 모양이다. 문 앞에 서 있던 콜렌은 즉시 어딘가로 향했고 세 개의 상자를 들고 돌아왔다.

"여기 있습니다, 가주님."

"그래. 자, 네가 직접 한번 열어 보거라. 헨드릭."

"……"

묘한 눈빛과 함께 상자를 건네받았다.

용찬은 차례대로 상자를 개봉하며 내용물을 확인했다.

[블랙 파니르 슈트]

[프로이스제 화살통]

[다이너 듀얼 소드]

세 가지 종류의 매직급 장비. 가문 측에서 직접 선별한 것인지 각자에게 필요한 것들만 들어 있었다.

"원래라면 더 좋은 것을 주고 싶었지만 가문의 입장도 있다 보니 별수 없었구나. 마음에 드느냐?"

"쓸 만해 보이는군요. 감사히 잘 받겠습니다."

"마음에 든다니 다행이구나. 수정구도 받아 가거라."

"감사합니다."

의외의 소득이 늘어난다.

이것으로 가문에서 얻을 것은 전부 얻어낸 셈이다.

그렇게 대면이 끝나자 펠드릭은 콜렌에게 마중을 지시했고, 용찬은 경비병들의 안내를 받으며 1층으로 내려갔다.

"그레고리, 내 말 들리나."

새로 얻은 수정구를 가동시키자 붉은빛이 번쩍였다.

통신 대상은 다름 아닌 바쿤의 그레고리. 다행히 통신상 문제는 없는 것인지 그레고리의 목소리가 들려왔다.

-아, 마왕님이시군요. 통신은 잘 들리고 있습니다. 가문의 일은 원만하게 잘 해결되셨습니까?

"우선 마왕성에 대한 지원은 결정됐다. 따로 바쿤에 별일은 없겠지?"

-물론 입…… 허. 이게 무슨!

경악하는 목소리가 들려온다.

수정구 근처에 있던 두 명의 고개가 돌아간다. 그리고 직접 통신하고 있던 용찬에게로 시선이 모여든 순간.

-몬스터입니다. 몬스터들이 접근하고 있습니다!

계획이 틀어지기 시작했다.

◀ **13장** ▶
침입 저지

마왕성을 맡는 목적은 네 가지다.

첫째, 마왕들의 경쟁을 위한 거점으로 전력을 상승시키고 영토를 늘리기 위해.

둘째, 절망의 대지에서 플레이어들을 막아내고 그들을 견제하기 위해.

셋째, 가문의 상징으로서 명예를 드높이기 위해.

넷째, 주변 몬스터들을 토벌하거나 막아내서 수익을 얻기 위해.

즉, 마왕에겐 꼭 필요한 수단이자 상징이다.

[근처 던전의 몬스터들이 마왕성으로 침입했습니다.]

한데, 그런 곳에 갑자기 몬스터들이 들이닥쳤다. 하필 바쿤의 주인은 자리를 떠나 있는 상황, 홀로 총책임을 맡고 있던 서포터만이 지휘를 맡고 있었다.

-취이이익!

-키에엑!

-달그락. 달그락!

1층 정문에서부터 병사들과 몬스터들이 충돌한다. 어떤 던전에서 튀어나온 것인지 E급 오크의 숫자가 제법 됐다.

'분명 주변 던전 정리는 끝났을 터인데!'

지도 창을 통해 위치까지 갱신됐던 던전들이다. 현 상황으로 미뤄 볼 때 저 몬스터들은 좀 더 먼 거리에서 침공한 것이 분명했다.

"마왕님이 돌아오실 때까진 어떻게든 버티셔야 합니다. 지금은 반격보단 방어를 최우선적으로 생각해 주십시오!"

지시가 떨어지자 스켈레톤 병사들이 선두로 나아갔다.

하나, 그들의 방패술만으론 모든 진입을 차단하기 어려운 상황. 특히 이번에 소속을 변경시킨 병사들까지 통제가 되지 않자 침입 저지는 더욱 버거워져 있었다.

그레고리는 손에 쥔 수정구를 내려다보며 고민했다.

'가문과 통신이 다시 이어졌지만 마왕님의 허가 없이 지원을 부르는 것은 불가능해. 내부 수리가 끝난 지 조 얼마 안 됐는데 이대로 침입을 허용한다면 서포터로서 마왕님을 볼 낯이 없어. 그렇다면 내가 마왕성 시스템을 이용해서……'

주인이 없을 시 서포터는 대부분의 권한을 부여받는다.

최근에 E급으로 올라간 바쿤의 방어력. 그리고 이전에 구매한 함정 및 방어 수단을 떠올리면 충분히 승산은 있었다.

[F급 스켈레톤 병사가 전투 불능 상태에 처했습니다.]
[쿨단이 철갑화를 발동했습니다.]

서서히 뚫리기 시작하는 방패병들. 끝내 쿨단이 스킬을 통해 최후의 발악을 했지만 오크들의 기세는 멈추지 않았다.

"역시 어떤 벌을 받더라도 여기선 내가……."

"그럴 필요 없다."

뒤에서 들려오는 익숙한 목소리는 절망에 빠져 있던 집사를 구원하기에 충분했다.

그레고리는 몇십 년은 더 늙어 보이던 인상을 펴며 고개를 돌렸다.

그리고.

"마, 마왕님!"

포탈을 통해 넘어온 자신의 주인을 볼 수 있었다.

"이제부턴 내가 지휘한다. 그레고리, 보좌하도록."

"취에에엑!"

오크의 성난 콧소리와 함께 재차 신형이 뒤로 밀린다.

벌써 몇 차례나 쇄도해 오는 글레이브를 막아낸 상태다.

달그락. 달그락.

뒤쪽에 포진하고 있는 다른 병사들이 있긴 했지만 어림도 없었다. 쿨단은 바깥으로 보이는 오크들의 숫자에 지레 몸을 떨었다.

저 정도라면 틀림없이 정문은 뚫릴 터.

지금이라도 뒤로 물러나 전열을 가다듬어야 했다. 그러나 오크들은 틈도 주지 않고 철갑화한 몸을 두들겼다. 그리고 주위에 있던 다른 스켈레톤들의 방패까지 금이 가자 상황은 더욱 위험해졌다.

-중앙 계단까지 빠르게 물러나라.

절체절명의 순간, 모든 병사에게 지시가 내려졌다.

머릿속으로 들려오는 익숙한 목소리. 버겁게 공격을 막아내던 쿨단은 두개골을 매만지며 당황해했다.

뒤늦게 나타난 두 명을 보게 되자 이내 상황이 파악됐다.

"뭐 해. 얼른 올라오라고!"

"여러분, 저희 왔어요. 헤헤!"

용찬과 함께 가문으로 복귀했던 두 명의 주력 병사. 새로운 장비와 함께 돌아온 루시엔과 헥토르는 즉시 선두를 지원하며 병사들을 물렸다.

그 순간, 오크 두 마리가 동시에 달려들었다.

"춰에에엑!"

"엇. 누님, 조심하세요!"

"이미 알고 있다고!"

정면으로 글레이브가 쇄도한다. 미리 자세를 갖추고 있던 루시엔은 신속화를 통해 날을 피해냈다.

그리고 재빨리 몸을 틀어 흑색 검신을 휘둘렀다.

[다이너 듀얼 소드의 효과가 발동됩니다.]

[일정 확률로 출혈 효과가 발생합니다.]

옆구리를 베고 지나가는 칼날. 어느새 상처 부위에선 끊임없이 피가 흘러나오고 있었다.

"춰, 춰익!"

"춰에에엑!"

날렵한 몸놀림에 당황한 오크들은 자연스럽게 뒷걸음질 쳤다.

그러나 놈들을 가만히 놔둘 루시엔이 아니었고, 뒤쪽에 있던 헥토르마저 화살을 쏘기 시작했다.

[프로이스제 화살통 효과가 발동됩니다.]
[일시적으로 연사 속도가 상승합니다.]

이전과 달라진 발사 속도. 비록 명중률은 높지 않았지만 헥토르는 신나게 시위에 화살을 걸고 있었다.

"이 정도 속도라면 누구든 맞겠지!"

"야. 그러다 우리 쪽 병사들도 맞을 수 있거든? 방향 정도는 조절하라고!"

"아차, 깜빡했다. 헤헤. 죄송해요, 누님."

수세에 몰리는 상황 속에서도 여유로운 대화가 오간다.

하나, 그들의 눈빛만큼은 묘하게 진지했다.

그렇게 바쿤의 병사들은 둘의 도움을 받으며 중앙 계단까지 물러났다.

한편, 화면을 보고 있던 용찬은 달라진 두 명의 눈빛에 흡족해했다.

'펠드릭과 대면 이후로 나름 자극받았나 보군. 전투에 임하는 태도부터 달라졌어.'

대놓고 정면에서 무시를 당한 두 명이다. 홍염의 패자가 직접 야박한 평가를 내렸으니 계기가 될 만도 했다.

게다가 가문에서 받아 온 장비들. 현재 등급의 그들에겐 효과가 매우 탁월해 전보다 더욱 효율적으로 전투를 치를 수 있었다.

'이 슈트도 따로 시험해 보긴 해야 하지만······.'

무려 매직급 장비다. 특히 체력과 내구를 일시적으로 상승시키는 효과는 매우 쓸 만해 보였다.

[5. 마왕성 시스템을 이용해 침입을 저지하십시오.]
[일정 공간을 제외한 장소에서 플레이어가 직접 전투를 벌일 시 페널티가 부여됩니다.]
[시스템을 통한 승리가 아닐 시 페널티가 부여됩니다.]
[페널티:일정 기간 동안 시스템 이용 불가.]

네 번째 수행 과제를 달성하고 나타난 메시지는 직접적인 전투를 불가능케 만들었다.

"그레고리, 내가 전투할 수 있는 공간은?"

"마왕님께서 직접 나설 수 있는 공간은 현재 옥좌가 있는 5층

뿐입니다. 지금은 어쩔 수 없이 병사들과 마왕성 고유 수단들을 이용해 격퇴하셔야 될 것 같습니다."

"골치 아프군."

미리 함정과 설치 수단을 설치하긴 했지만 이런 방식은 마음에 들지 않았다.

용찬은 화면 옆으로 나타난 구조를 들여다봤다.

바쿤의 내부는 총 5층 구조. 중앙 계단을 제외한다면 위층으로 오를 수 있는 계단은 양옆 복도밖에 없었다.

하지만 무식한 오크들은 정면만 고집했고 병사들은 이미 자리를 잡아놓은 상태였다.

-취이이익!

-헥토르, 앞에 놈들부터 노려!

-이미 그러고 있어요!

계단 위를 차지한 이상 쉽게 뚫릴 리는 없었다. 용찬은 방패에 금이 간 병사들을 후방으로 배치시킨 뒤, 쿨단을 중심으로 일렬을 유지했다. 그리고 신속히 양옆 복도에 설치된 함정과 방어 수단을 확인했다.

'숫자가 숫자인 만큼 1층 중앙 홀도 포화 상태가 된다. 그렇게 되면 놈들이 향할 방향은 결국 양쪽 복도. 우선 인원을 줄이면서 경로를 차단해야겠어.'

이리저리 눈동자가 굴러간다. 실전을 제외하면 따로 이런 방식의 지휘 경험은 없는 상태.

익숙지 않게 머리를 쓰려다 보니 슬슬 짜증이 솟구쳤다.

"빌어먹을. 중립 지역 미션을 준비해도 모자랄 판에!"

"진정하십시오, 마왕님. 페널티 때문이라도 지금은 우선 마왕성 시스템에 집중하실 때입니다. 침착히 다른 병사들부터 배치해 주십시오."

"후우. 그래야겠군. 그나저나 다른 놈들은 어디 갔지?"

"이번에 소속을 변경시킨 베텔의 병사들이라면 4층에서 대기하고 있습니다. 아무리 제가 명령을 해도 듣지를 않더군요. 죄송합니다, 마왕님."

한 번의 교육으론 충성심은 해결되지 않는 모양이다.

용찬은 싸늘한 안색으로 다른 화면을 확인했다.

-키엑. 키에엑.

-크르르르.

-케에에에.

오크들이 침입한 와중에도 한가롭게 수다나 떨고 있는 병사들. 아직까지 베텔에서의 습관이 몸에 배어 있었다.

"당장 자리에서 일어나 1층으로 집결해라."

-케에엑?

"두 번 말하지 않는다. 당장 내려가라."

-케, 케엑!

익숙한 목소리에 화들짝 놀란다. 병사들은 이전 감옥 때의 기억을 떠올리며 급히 아래층으로 내려갔다.

그사이, 1층 홀로 집결해 있던 오크들은 점차 포화되어 갔고 이내 다른 길을 찾기 시작했다.

"루시엔, 전사병들을 데리고 왼쪽 계단으로 이동해라."

-그러면 중앙 계단은…… 요?

"알아서 버틴다. 걱정 말고 이동해라. 그리고 칸과 켄은 즉시 베텔의 병사였던 놈들을 데리고 1층 오른쪽 계단으로 내려가라."

지시가 내려지고 각자 위치로 이동한다.

루시엔과 전사병 7마리는 왼쪽 계단. 칸과 켄, 그리고 방패병, 전사, 검사로 이루어진 병사 12마리가 오른쪽 계단으로 자리를 잡았다.

-취익. 취이익!

마침내 오크들이 양쪽 복도로 돌진했다.

매서운 기세로 달려 나간 그들은 재빨리 계단을 발견해 냈다.

그리고 실실거리며 2층으로 향하려던 순간.

[침입자용 화살이 발동됩니다.]

왼쪽 복도에서부터 화살들이 쏟아지기 시작했다.

퓨퓨퓨퓩!

동시다발적으로 발사된 좌우 벽 속 화살들. 무신경하게 지나가던 오크들은 차례대로 고꾸라질 수밖에 없었다.

-그 자식, 언제 저런 함정을 설치해 둔거래!

"입 다물고 나머지 오크들부터 처리해라, 루시엔."

-헙!

계단에서 대기하고 있던 루시엔이 자신의 실수를 깨닫고 황급히 입을 막았다. 다만 이미 소용없는 짓이라는 것을 느꼈는지 이내 복도로 뛰쳐나가기 시작했다.

-에잇. 얼른 다 죽여 버려!

-키에엑!

-케엑. 케엑!

예기치 못한 습격이 이루어진다.

선두에 남아 있던 오크들은 제각기 부상을 당한 상태. 그리 넓지 않은 복도 안에서 병사들에게 대응하기란 쉽지 않은 일이었다. 게다가 후방에 있던 오크들은 선두에 밀려 좀처럼 앞으로 나가지도 못하는 상황이다. 결국 함정에 당한 놈들은 일방적으로 유린당할 수밖에 없었다.

[4젬을 획득했습니다.]

[녹슨 글레이브를 획득했습니다.]

[9골드를 획득했습니다.]

전리품들이 늘어간다. 침입자를 처치하고 얻은 것은 전부 바쿤의 것이다.

'방어하는 입장에서 이런 건 나름 마음에 드는군.'

모두 죽이고 모두 빼앗는다. 철저히 마왕의 사고방식을 따랐다. 용찬은 전리품 메시지에 흡족해하며 좌측 병사들을 뒤로 물렸다.

그리고 계단 쪽에 우선 대기시켜놓은 뒤, 교전을 벌이기 시작한 우측 복도를 확인했다.

[강타가 발동됩니다.]
[내려찍기가 발동됩니다.]

개미 떼처럼 밀려오는 오크들. 미리 대기하고 있던 병사들은 얼굴에 피멍이 든 채로 다급히 막아 나섰다.

하나, 칸과 켄을 제외하고 따로 훈련을 받지 않았던 놈들은 이내 허둥지둥하며 밀리기 시작했다.

"마왕님, 오른쪽 복도가 뚫릴 것 같습니다!"

"걱정할 것 없다."

애초에 그리 기대를 걸지 않았던 교전이었다.

오히려 노린 것은.

[장벽을 소환하는 기둥이 발동됩니다.]

오크 무리의 일부를 끊어먹는 것.

-취, 취익?

-커어어엉!

구석에 세워져 있던 기둥이 빛을 발한다.

단순히 조형물로 알고 있던 오크들은 천장에서 내려오는 벽에 당황해했다. 그리고 끊임없이 밀려오던 놈들은 도망칠 새도 없이 인원이 분산됐다.

쿵!

마침내 오른쪽 복도의 길이 가로막혔다.

용찬은 일부 벽에 깔린 오크들을 보며 눈을 빛냈다.

"빠르게 놈들을 처리하고 기존 계획으로 넘어간다."

-키에에엑!

상황이 역전되자 칸이 있는 힘껏 소리쳤다.

기둥이 만들어낸 벽으로 인해 남아 있는 오크의 숫자는 대략 10여 마리. 허둥지둥 막아내고 있던 병사들은 정신을 차리고 반격에 나섰다.

[몰루의 방망이 효과가 발동됩니다.]

[녹색 가죽 오크가 스턴에 걸렸습니다.]

병사들 사이에서 대장격으로 통하던 켄도 마음껏 날뛰기 시작했다. 이전까지 칸과 켄을 얕보던 신규 병사들도 둘의 투기를 느꼈는지 선봉을 따랐다.

그리고 점차 상황은 역전되어 벽 맞은편 오크는 전부 정리되었다.

"미리 병력을 나누셨던 이유가 오크를 끊어먹기 위해서였군요. 과연 훌륭하십니다. 마왕님."

"아직 기뻐하긴 이르다. 문제는 지금부터니까."

오른쪽 복도는 차단됐다.

하나, 이렇게 되면 오크들은 왼쪽 복도로 몰리게 된다.

침입자용 화살을 통해 일부를 끊어먹긴 했지만 루시엔과 남은 병사들만으론 막아내기 벅찼다.

"칸, 켄. 병사들을 데리고 왼쪽 계단으로 합류해라."

-키엑. 키엑!

"루시엔, 너는 적당히 선두의 오크들만 상대해라. 미리 말하지만 절대 죽이면 안 된다."

-그게 가장 어려운 지시라고!

차지 어택을 시전하려던 움직임이 멈춘다.

루시엔은 발끈하면서도 스킬을 아끼며 오크들을 상대했다.

그사이, 왼쪽 복도에 있던 오크들은 길이 막히자 다른 길을 찾아 방향을 틀기 시작했다.

순식간에 물밀듯 쏟아지는 숫자.

루시엔과 함께 오크들을 막아내던 고블린과 코볼트들은 점점 부상이 늘어가고 있었다.

-마, 마왕님. 중앙 계단도 슬슬 한계인 것 같아요!

헥토르가 앓는 소리를 냈다.

직접 화면을 확인해 보니 중앙 계단의 쿨단도 슬슬 기력이 한계였다. 게다가 분전하던 나머지 스켈레톤 병사들의 방패 내구도도 아슬아슬해 보였다.

용찬은 마침 루시엔과 합류한 칸과 켄 측 병사들을 보며 판단을 내렸다.

"왼쪽 복도의 병사들은 뒤로 물러나면서 교전을 벌여라."

-말은 쉽지!

"헥토르, 남은 화살은?"

-어, 어……. 대충 10발 정도인 것 같아요!

"모조리 쏟아붓고 2층 중앙 계단까지 후퇴해라. 이번만큼은 근접 전투를 허가한다."

구조상 2층과 4층은 양쪽 복도가 존재하지 않는다. 오로지 중앙 계단을 통해 상층으로 이어졌고, 다른 길은 없었다.

지시를 받은 헥토르는 최대한 후방의 오크들을 사격한 뒤, 쿨단의 곁에서 활대를 쥔 채 휘둘렀다.

-꾸엑!

-다들 뒤로 물러나요. 2층 중앙 계단까지 가야 해요!

-달그락, 달그락!

선봉에 있던 방패병들에게 쉴 틈이 주어진다.

헥토르는 오랫동안 자제하고 있던 욕구를 마음껏 풀며 병사들을 도왔다. 그리고 오크들이 기겁해 물러난 사이 쿨단을 중심으로 퇴각하기 시작했다.

[쿨단의 기력이 모두 소모됐습니다.]

[타일러스 교단의 활 내구도가 50% 이하로 줄어들었습니다.]

소모전의 단점이 드러났다. 전투를 장기적으로 끌고 갈수록 불리한 것은 바쿤 측. 그것을 아는지 모르는지 헥토르는 신나게 오크들을 후려 팼다.

-이번에도 또 한 마……!

"멈춰라, 헥토르."

-에에, 이제야 손맛이 좀 느껴지고 있었는데.

"지금은 합류를 최우선시해라."

서서히 양쪽 병력들이 합류하는 분위기다. 점차 거리가 좁혀지자 등을 맞대고 있던 루시엔과 헥토르는 서로 상황을 확인했다.

-그쪽은 어때?

-아주 끝도 없어요. 누님 쪽은요?

-마찬가지야. 일단 지시대로 중앙 계단으로 가야 해!

좌우로 둘러싸이면 더욱 불리했다.

루시엔은 거친 숨을 내뱉으며 재차 신속화를 발동했다.

그리고 동시에 칸과 켄이 우측 오크들을 밀어내며 시간을 벌었고, 마침내 병사들은 합류에 성공했다.

이제 남은 것은 2층 중앙 계단을 사수하는 것.

용찬은 재빨리 병사들의 체력과 기력을 확인하며 전사병들을 앞 선에 세웠다.

"지금부터 천천히 물러나면서 4층까지 교전을 벌인다. 체력 소모를 최대한 줄이고 번갈아가며 선두를 지켜라."

지금은 무리하면서라도 버티는 게 중요하다.

아직 사망자는 나오지 않았지만 점차 부상이 심해지면 병력 피해도 늘어갈 것이다. 문제는 얼마나 오크들의 숫자를 줄일 수 있는지, 또 얼마나 최소한으로 병력 피해를 줄일 수 있는지였다.

용찬은 재차 2층에서 충돌한 두 무리를 보며 잠시 한숨을 돌렸다.

"후. 직접 나설 수 없다는 점은 상당히 치명적이군. 이번에는 어쩔 수 없이 병력 피해가 생기겠어."

"하오나 이 정도면 현재 상황에선 최선의 선택인 것 같습니다. 이제부터 어떻게 하실 예정이십니까, 마왕님."

"우선 바쿤의 전력이 부족한 만큼 병사들을 한계까지 내몰아야겠지. 피해가 늘어가도 끝까지 버틴다. 그리고……."

시선이 5층 화면으로 향한다.

그레고리는 금세 뜻을 알아차리고 고개를 끄덕였다.

그사이 용찬은 화면 속 녹색 오크들을 유심히 살폈다.

"그나저나 저놈들의 출몰지는 어딘지 알아봤나?"

"……그것이, 정확하지 않습니다. 본래 주변 던전은 대부분 공략된 상태였습니다. 한데도 오크들이 침입한 것을 봐선 멀리 떨어진 던전이거나 혹은 숨겨져 있던 히든 던전으로 추정됩니다."

"음."

마왕성의 주인이 가문으로 떠난 상황에서 들이닥친 몬스터들. 어째서인지 시기가 절묘했다.

물론 우연의 일치라고 할 수도 있지만 가능성을 배제할 순 없었다.

'오크들의 등급으로 봤을 때 던전의 등급은 대략 E급. 하지만 숫자로 볼 때 분명 한 던전에서만 나온 놈들은 아니다. 그렇다면 여러 던전에서 동시에 튀어나왔다거나 필드에서 따로

숫자가 불어났다는 소린데……'

보통 하멜의 몬스터들은 쉽게 뭉치지 않는다.

서로 마주치면 우선 적대시하고 보는 게 정상적인 패턴.

지능이 있는 네임드 몬스터도 아닌 일반 오크들이 하나의 목적으로 통일되는 것은 거의 불가능했다.

그 부분으로 깊게 파고들기도 전에 비명 소리가 들려왔다.

-깨갱!

드디어 첫 사망자가 발생했다.

'우선 이것부터 처리하고 따로 알아봐야겠군.'

용찬은 잡념을 거두고 현재 상황에 집중하기 시작했다.

1층부터 시작된 교전은 계속 상층으로 이어졌다.

-옆으로 한 마리 가잖아. 얼른 막아!

-저한테 맡겨두세요!

-키에에엑!

2층 중앙 계단, 3층 좌우 계단, 3층 중앙 계단까지.

갈수록 병사들의 피해는 심해졌고, 사망자는 늘어나기 시작했다.

하나, 상황이 최악인 것만은 아니었다.

첫 충돌 때만 해도 엄청나던 오크들의 숫자도 조금씩 줄어들어 갔고 지금은 어느 정도 기세가 떨어진 상태였다.

[E급 코볼트 전사가 사망했습니다.]

마침내 4층 중앙 계단에서 7번째 사망자가 발생했다. 어느새 한계까지 내몰린 병사들은 당장에라도 쓰러질 기세였다. 그리고 상황을 지켜보던 용찬은 천천히 어깨를 풀었다.

"이제야 숫자가 좀 줄어들었군."

"확인해 본 결과 얼추 40여 마리로 추정됩니다."

"그 정도면 해볼 만하겠어."

일일이 매 층마다 교전하며 숫자를 줄인 보람이 있었다.

이 정도면 어느 정도 부담은 던 상황.

용찬은 뇌격을 활성화시키며 자리에서 일어났다.

"그레고리, 미리 수정구를 통해 대장장이를 섭외해놔라. 가문을 이용해도 좋다."

"알겠습니다."

슬슬 병사들의 장비는 물론 자신의 장비도 손볼 시기다.

특히 이번 전투를 통해 손상된 장비까지 생각한다면 대장장이는 꼭 필요했다.

용찬은 이번에 얻은 블랙 파니르 슈트를 장착한 뒤, 화면을 향해 소리쳤다.

"전 병력은 5층으로 집결해라!"

-들었어요! 얼른 5층으로 올라가요!

-다들 뭐 하는 거야. 빨리 움직여!

쓰러지기 일보 직전이던 병사들의 표정이 환해진다. 더는 전투가 무리였던 것인지 그들은 남은 힘을 쥐어짜 5층으로 퇴각했다.

그리고.

"방을 지키고 있어라."

본격적으로 마왕이 전장에 개입하기 시작했다.

[일시적으로 체력이 상승합니다.]

[일시적으로 내구가 상승합니다.]

마치 현대식 정장을 연상케 하는 새로운 복장. 용찬은 천천히 옷깃을 매만지며 복도로 걸어나갔다.

파지지직.

이전보다 위력이 상승한 뇌격이 팔에 스며든다.

점차 들려오는 오크들의 콧소리. 그리고 연달아 들려오는 발소리와 함께 바쿤의 병사들이 나타났다.

"헉헉. 마왕님, 도착했어요!"

"모두 뒤로 물러나라."

"마, 마왕님은 어쩌시려구요?"

"여기서 마무리를 짓는다."

병사들이 모두 복도로 빠져나가자 뒤이어 오크들이 등장했다. 뒤에 있던 헥토르와 루시엔은 남은 오크들을 떠올리며 불안한 눈길로 쳐다봤지만 쓸데없는 걱정이었다.

[전투 돌입(무투가 전용)이 발동됩니다.]

먼저 선두로 돌진해 온 세 마리의 오크. 그리 넓지 않은 계단을 생각한다면 차례대로 격퇴가 가능했다.

용찬은 일직선으로 찔러오는 글레이브에 빠르게 반응했다.

탁!

"취, 취이익!"

정확히 오른손에 붙잡힌 창대.

당황한 오크는 뒤늦게 힘을 가했다.

하나, 그 순간 용찬이 오히려 창대를 놓아버리자 앞으로 균형이 무너졌다.

그리고 안면을 강타하는 주먹.

"취에에엑!"

뇌격의 효과로 감전 상태가 발동된다. 온몸을 부르르 떨던 오크는 그대로 경직됐고, 용찬은 잽싸게 붕권을 시전해 마무리했다. 그리고 학살자의 망토를 통해 빠르게 몸을 틀었다.

"취에에엑!"

한 마리.

"취이익!"

또 한 마리.

[파괴의 반지 효과가 발동됩니다.]

연달아 쏟아지는 오크들 속에서 마왕은 여유롭게 놈들을 때려눕혔다. 뒤에 있던 병사들은 여태껏 단 한 발자국도 움직이지 않은 그를 보며 입을 떡 벌렸다.

"우, 우와. 저희 마왕님의 한계는 도대체 어디까지일까요?"

"하아. 더 놀라기도 힘들다. 애초에 저럴 거면 왜 여기까지 오크들을 끌고 온 거래."

"원래 다른 마왕 분들도 전부 병사들에게 맡겨놓고 나중에 가서 직접 마무리하잖아요."

"칫. 쓸데없게시리."

마침 또 한 마리의 오크가 쓰러진다. 그 모습에 루시엔은 고개를 도리도리 저었고, 신규 병사들은 재차 용찬의 무위를 확인할 수 있었다.

"취, 취이이익."

"취익, 취익!"

"췩!"

얼마나 전투를 거듭했을까.

무식하게 계단을 오르던 오크들도 망설이기 시작했다.

이제 남은 숫자도 얼추 10여 마리.

단번에 전세가 확 기울어졌으니 용찬이 괴물로 보일 수밖에 없는 상황이었다.

"네놈들도 두려움은 느끼나 보지?"

"춰, 춰익!"

"하지만 이미 늦었다."

"춰에에엑!"

공포를 이겨내기 위한 발버둥일까. 한참을 망설이던 오크 한 마리가 스킬을 시전하며 달려들었다.

[회전베기가 시전됩니다.]

회전력을 가한 회심의 일격.

하나, 용찬은 간단히 피해 버리며 오크의 팔을 낚아챘다.

그리고 재깍 턱을 올려 찬 뒤, 또 한 번 팔을 붙잡았다.

"바쿤에 침입한 대가를 톡톡히 치르게 해주마."

"춰엑!"

압도적인 카리스마가 발동된다.

마왕의 기세를 눈앞에서 실감한 오크는 몸을 덜덜 떨며 도망치려 했다. 하나, 용찬은 놓아줄 생각이 없었다. 오히려 안면에 뇌격이 담긴 주먹을 선사하며 놈을 제물로 삼았다.

"취엑!"

한 번.

"취에에!"

두 번.

"취에에엑!"

이어지는 일방적인 구타에 오크는 정신을 잃어갔다.

털썩! 단숨에 무너지는 신형.

끊임없이 내리치는 낙뢰는 공포 그 자체였다.

용찬은 쓰러진 오크를 내려다보며 손을 털털 털었다.

그리고 남아 있는 오크들을 확인한 뒤 고개를 돌렸다.

"루시엔, 어느 정도 숨은 돌렸나?"

"……뭐, 어느 정도는."

"그렇다면."

서서히 돌아가는 싸늘한 눈빛.

용찬은 계단 아래쪽을 가리키며 마지막 지시를 내렸다.

"병사들과 함께 마무리해라."

그렇게 바쿤은 오크들을 모조리 처치하며 침입을 성공적으로 저지하고 있었다.

절망의 대지 최남단. 황폐하기 그지없는 마족들의 땅 위로 고요한 정적이 흐른다.

가장 먼저 보이는 것은 허름해 보이는 회색의 성. 주위 배경과 맞지 않게 갈라진 대지 사이로 세워진 것이 쓸쓸해 보였다.

그리고 성의 맞은편 언덕. 황량한 대지가 한눈에 들어오는 장소로 때아닌 돌풍이 몰아쳤다.

"……."

거친 바람 속으로 인영이 드러난다.

짙은 흑색 로브가 돋보이는 정체불명의 인물. 그자는 매서운 모래바람 속에서 유유히 앞으로 걸어가 성을 바라봤다.

-목표는 어떻게 됐지?

로브 사이로 드러난 수정구가 빛을 발한다.

그자는 유심히 주위를 살펴보더니 이내 등을 돌렸다.

"실패다."

-그럴 리가. 숫자만 해도 무려!

"베텔과의 서열전을 헛 이긴 것은 아닌 것 같군. 난 이만 복귀하도록 하지."

-……알겠다.

목표 처리에 실패했다면 더는 이곳에 볼일이 없었다.

임무를 위해 파견됐던 존재는 통신하던 상대의 말을 끊고 그대로 지역을 이탈해 버렸다. 그리고 흔적도 남기지 않고 사라진 그 자리 위로 전갈들이 몰려들었다.

지이이이.

어느새 언덕은 수백 마리의 전갈로 가득 메워지고 있었다.

[마왕성 시스템을 이용해 침입을 저지했습니다.]
['첫 번째 침입 저지' 업적을 달성했습니다.]
[업적 보상으로 룰렛이 회전합니다.]

오크들의 사체를 전부 정리했을 즈음일까.

던전 공략 이후로 본 적 없던 룰렛이 재차 나타났다.

'그러고 보니 마왕성 시스템을 이용해 침입을 저지한 것은 처음이군.'

어찌 보면 오크들의 침입을 통해 경험을 쌓은 것이나 다름 없었다.

계획에 차질이 생긴 것 또한 변함이 없는 상황. 방 안에서 병사 피해를 확인하던 용찬은 혀를 차며 룰렛으로 고개를 돌렸다.

[브론즈 박스가 당첨됐습니다.]

인벤토리로 동색 상자가 들어온다. 하멜상에서 무작위로 보상을 지급하는 여섯 가지 상자 중 하나다. 오직 운에 맡겨야 하기 때문에 애매하긴 했지만 나름 만족스러웠다.

'실버나 골드가 아닌 게 좀 아쉽지만.'

등급에 따라 더 좋은 아이템도 등장하는 랜덤 박스.

용찬은 아쉬움을 뒤로하고 브론즈 박스를 개봉했다.

[플레이어의 행운 능력치가 적용됩니다.]

[E급 마력석을 획득했습니다.]

쥐꼬리만 한 행운 능력치도 도움이 되는 것인지 한 단계 높은 아이템이 나왔다.

마력석. 마법을 다루는 직업들에게 필수로 불리는 소모성 아이템이다.

용찬은 푸른빛을 띠는 작은 돌 조각을 매만지며 고민했다.

'마력석이라면 다른 용도로도 사용이 가능하지만 당장 쓸 곳은 없어.'

예를 들면 마력이 담긴 스킬의 위력 증폭 정도다. 하나, 용찬은 우선 마력석을 집어넣고 다른 메시지에 집중했다.

[기본적인 수행 과제를 모두 클리어했습니다.]

[2,000젬을 획득했습니다.]

[5,000골드를 획득했습니다.]

다섯 번째 수행 과제를 클리어하자 보상이 전달됐다.

'여기까지가 기본적인 수행 과제였다고?'

플레이어로 치면 튜토리얼 미션 같은 느낌일까.

용찬은 눈살을 찌푸리며 새로이 나타난 메시지들을 마저
확인했다.

[바쿤의 등급이 E급으로 상승했습니다.]

[병사 소환의 인원이 추가적으로 늘어납니다.]

[구매 가능한 함정 및 방어 수단이 추가됩니다.]

마침내 마왕성이 한 단계 성장했다.

현 70위대 마왕들은 이미 E급에 안착한 상태. 이제 바쿤도
그들과 동일한 선상에 올라섰다고 볼 수 있었다.

그리고.

[6. 병사 소환 기능을 이용해 플레이어 미션을 클리어하십시오.]

본격적인 마왕성 플레이어의 수행 과제가 시작됐다.

마침 중립 지역 미션을 노리는 상황. 여태까지 플레이어의 능력을 통해 바쿤을 끌어올렸다면 이젠 바쿤의 힘을 이용해 난관을 돌파할 시간이었다.

'소환 인원이 세 명으로 늘었다면 적당한 후보가 있지.'

물론 아직 부족한 점투성이지만 개선할 여지는 충분했다.

용찬은 애매해진 일정을 고려해 훈련 계획을 새로이 짰다.

그리고 미션 창에 떠오른 목록을 보며 고민하던 차, 노크 소리가 들려왔다.

"마왕님, 그레고리입니다. 막, 가문에서 파견된 대장장이가 도착했습니다. 어떻게 하시겠습니까?"

"우선 안으로 들여라."

"알겠습니다."

목소리가 들려온 지 얼마 안 돼서 그레고리와 함께 한 사내가 방 안으로 들어왔다.

첫 대면부터 한눈에 들어오는 거친 인상. 헨드릭의 고유 기억 속에서도 언뜻 안면이 있던 가문의 대장장이였다.

"그래, 가문에서 왔다고 했나?"

"……잭 펠터올시다. 내 얼굴은 알고 있을 테니 자세한 소개는 넘어가고. 대충 가주님의 명을 받고 왔으니 필요한 것 있으면 말만 하슈."

자신을 잭이라 소개한 그는 뻐딱한 자세로 인사를 마쳤다.

예의범절과 거리가 먼 잭의 태도에 그레고리가 발끈했지만 이내 용찬이 손을 들어 제지했다.

"따로 필요한 것은 있나?"

"뭐, 기본적인 시설이나 도구들은 전부 가문에서 지원해 준다고 했으니 간단히 방이나 하나 주쇼."

"그러지. 우선 준비가 끝나는 대로 병사들과 내 장비를 부탁하마. 내구도가 상당히 아슬아슬해서 말이지."

"그 정도야 간단하지. 하지만 일단 알아두슈. 기본적인 장비수리나 마왕성 내부 수리는 가문에서 지원해 주는 재료를 통해 진행하겠지만 따로 제작을 원하거나 강화를 바랄 땐 직접 보수와 재료를 갖고 와야 한다는 것을."

바쿤에 머무를 동안 지시받은 내용 외엔 일절 도움을 주지 않겠다는 뜻이었다.

아마 가문에서 요청한 내용도 딱 거기까지일 터. 특히 저택 내에서 헨드릭의 행실을 봐온 그로선 더욱 불만이 가득할 것이다.

용찬은 무심히 팔을 괸 채로 앉아 손을 저었다.

"쓸데없는 설명이군. 우선 방은 5층 빈방 중 한 곳을 편히 사용하도록. 그리고 용무가 없다면 물러가도 좋다."

"……"

예상하던 반응이 아니어서 그런 것일까.

일순 머뭇거리던 잭이 뒤늦게 방을 나서는 것이 보였다.

그레고리는 그가 사라지자마자 걱정스러운 눈길로 용찬을 쳐다봤다.

"마왕님, 괜찮으시겠습니까. 아무리 장비들이 시급하다 해도 저런 대장장이를 들이게 되면 차후에 곤란한 상황에 처하게 될 수도 있습니다. 지금이라도 다른 인원으로 교체 요청을 하심이……?"

"지금 중요한 것은 중립 지역 미션이다. 따로 저놈에게 신경쓸 시간 따위 없어. 우선 장비 내구도가 급한 만큼 수리를 맡기고 그사이 병사들을 훈련시킨다."

"생각이 짧았습니다. 용서해 주십시오, 마왕님."

"사과할 필요 없다. 어차피 저놈의 태도는 자연스레 수그러들 테니까."

언제나 말보단 행동이다.

용찬은 의아해하는 그레고리를 놔두고 1층으로 병사 세 명을 불러 모았다.

"으으. 벌써 훈련 시간이에요, 마왕님?"

"그나저나 다른 병사들은 어디 갔길래 이렇게 늦는 거야."

달그락! 달그락!

현 바쿤의 주력 병사들이 모였다.

체력과 내구 능력치가 상당한 쿨단, 민첩과 신속화를 통해

플레이어 2

적의 허를 찌르는 루시엔. 그리고 아직 부족하지만 점점 발전하고 있는 궁수 헥토르까지.

대충 조합은 그럴듯했다.

"다른 병사들은 오지 않는다."

"그게 무슨 소리예…… 요?"

"너희들만 따로 불렀으니 당황해하지 마라. 이제부터 너희들은 이틀 동안 개인 강습을 받는다. 앞으로의 일정을 위한 훈련이니 정신 똑바로 차리도록."

"일정이라니. 설마 또 서열전?"

"아니."

이미 복장을 갖춘 용찬이 몸을 풀었다.

그리고 멍하니 바라보는 세 명 앞으로 뇌격을 피워냈다.

"플레이어들을 상대하기 위한 특별 훈련이다."

그 시각, 5층 구석진 방으로 자리를 잡은 잭은 한창 이를 갈고 있었다.

"제기랄. 같잖은 놈들. 실력도 나보다 뒤떨어지는 것들이 선배 행세한답시고 나를 떠밀다니."

가문에서도 수십 명의 대장장이가 존재한다. 그중에서도 잭은 유독 실력이 뛰어났지만 경력에 밀려 막내 신세였다.

그리고 바쿤의 파견 인원을 정하던 그 순간마저도 그들에게 떠밀려 억지로 이 일을 맡게 됐다.

질투와 시기, 모든 것이 자신에 대한 시샘에서부터 시작된 것이다.

"게다가 하필 그 망나니 놈의 마왕성이잖아. 듣기론 가주님께서도 지원을 약속할 정도로 달라졌다고 하지만 난 절대 안 믿지. 암, 그놈이 갑자기 정신을 차릴 리가 없어!"

대면 당시에도 연기를 한 것이 틀림없었다.

남은 속여도 자신은 결코 속지 못할 터. 잭은 그렇게 생각하며 미리 마왕성 내부를 둘러보기로 했다.

'대충 5층 구조인가. 내부가 형편없는 꼴을 봐선 이제 갓 E급에 도달했거나 아직도 F급이겠군. 쯔쯧. 여러모로 손볼 곳도 많겠어.'

아래층으로 내려갈수록 점점 가관이었다.

가끔 보이는 병사들의 장비 수준도 거의 최하위인 상태.

순간 그들의 장비를 손보고 싶다는 욕망이 솟기도 했지만 이내 마음을 가라앉혔다.

그리고 2층에 도착하는 순간.

"크르르르."

"키엑. 키에엑."

"케에에?"

실망감은 더욱 커졌다.

바닥에 앉아 느긋이 수다나 떨고 있는 병사들. 뒤늦게 두 마리의 고블린이 달려와 호통을 치며 끌고 갔지만 도저히 가망이 없는 마왕성의 현황이었다.

'그러면 그렇지. 서열 꼴등이던 바쿤이 어디 가겠어. 분명 베텔과의 서열전도 가문이 몰래 도와준 걸 거야.'

쫄딱 망해가던 바쿤을 은밀히 도와주고 가문으로 복귀시킨 것이라면 어느 정도 납득이 됐다.

아마 헨드릭에게 연기를 지시한 것도 가주일 것이다.

잭은 길게 혀를 차며 1층으로 마저 내려갔다.

"여긴 어쩐 일이십니까, 잭 펠터 님."

맞은편에서부터 그레고리가 다가왔다.

대면 당시 태도 때문인지 매우 언짢아하는 눈치였지만 잭은 오히려 당당히 행동했다.

"집사 나으리가 계신 줄은 몰랐구려. 그냥 간단히 대장간으로 사용할 장소를 미리 알아보고 있었슈."

"그런 용무라면 진작에 저를 부르시지 그러셨습니까."

"대충 마왕성 내부도 살펴볼 겸 혼자 돌아다니고 있었지. 뭐, 불만이라도?"

"……아무것도 아닙니다."

일순 얼굴이 굳어졌지만 이내 무언가를 떠올렸는지 다시 차분해지는 집사였다. 그리고 능숙하게 지하 쪽을 가리키며 설명을 해주었다.

"지하에 있는 사체들을 마저 정리하면 아마 자리가 날 것 같습니다. 상층보단 꽤 공간이 넓으니 그때 가서 한번 살펴보시고 결정하시지요."

"상관없겠지. 가문에서 시설이나 도구들이 도착하는 것도 내일쯤이니까. 우선 알겠수."

꽤나 친절한 설명에 무안해진 잭은 머리를 긁적이며 등을 돌렸다.

'그나저나 사체들이라니? 이젠 몬스터들 사체까지 대신 처리하며 돈을 버는 건가.'

한심하기 짝에 없는 방식이다. 오크들의 침입 소식을 듣지 못했던 그는 바쿤을 이전보다 저평가하며 계단을 올랐다.

그 순간, 바깥에서부터 요란한 소리가 들려왔다.

"뭐, 뭐시여. 방금 무슨 소리 들렸지 않아?"

"아. 마왕님께서 막 병사분들과 훈련을 시작하신 것 같군요. 크게 신경 쓰지 않으셔도 됩니다."

"무슨 훈련이 저리 요란해. 정말 훈련 맞는 거요?"

"좀 특별한 훈련이다 보니 그럴 겁니다."

점차 벽 너머를 통해 진동까지 울린다.

결코 훈련이라고 생각되지 않는 상황이다.

한데도 그레고리의 태도는 여유롭기만 했다.

그제야 잭은 자신이 속고 있다는 것을 깨달았다.

'제기랄, 허풍도 심하지. 저런 게 훈련이라니. 차라리 전쟁을 치른다고 그래라!'

기껏해야 치고받는 수준이 한계인 바쿤이다. 앞전에 봤던 병사들로 볼 때 저런 식의 훈련은 도저히 말이 안 됐다.

'하마터면 속아 넘어갈 뻔했어. 훈련이라고 해봤자 병사들이 망나니 놈을 교육시키는 정도겠지.'

아마 지금 들려온 것도 겉멋만 잔뜩 들어 스킬을 난사하는 소리일 터다. 그렇게 잭은 바쿤에 대해 확실한 판단을 내리며 방으로 돌아갔다.

◀ **14장** ▶
휴먼 메트로

중립 지역 미션. 다섯 개의 진영과 상관없이 개별적인 지역에 존재하는 미션이다.

일부는 직접 발견해 진입하기도 하지만 현 목표지는 기존에 발견된 장소였다. 그러다 보니 플레이어 시스템을 이용해 즉시 이동이 가능했는데, 마침 타이탄 길드가 그중 한 곳을 목표로 하고 있었다.

게다가 진영 내로 공식적인 소식까지 밝힌 상황. 당연히 다른 진영 측 플레이어들도 갖가지 목적을 가지고 달려들 가능성이 컸다.

'미션으로 진입하기 위해선 입구를 여는 아이템이 필요하다. 분명 타이탄 길드는 그 아이템을 들고 있을 테지.'

물론 다른 길드도 퀘스트를 통해 입수했을 것이다.

하나, 그리 쉽게 클리어할 수 있었다면 진작에 공략됐을 미션이었다.

아마 기존에 알린 일정은 속임수일 터. 분명 타이탄 길드는 플레이어들이 줄어든 틈을 타 공략을 노릴 것이다.

파지지직.

상념에 젖어든 차, 뇌격이 상대방의 복부로 쇄도했다.

달그락!

간신히 방패를 들어 올려 막아낸 쿨단. 뇌격의 효과는 발동되지 않은 것인지 낙뢰는 내리치지 않았다. 그리고 그 틈을 타 후방의 다크 엘프가 좌측으로 달려들었다.

"이번에는 반드시!"

흑색 검신이 다리를 노리고 파고든다.

용찬은 즉시 반격을 통해 대응하려 했지만 그 순간 화살이 날아왔다.

"잘했어, 헥토르!"

직접 명중하진 않았지만 효과는 컸다.

그 증거로 카운터 스킬은 화살을 쳐내는 데 발동된 상태였다. 루시엔은 눈을 빛내며 차지 어택을 시전했다.

하나.

"시도는 좋았지만 언제나 적의 스킬은 하나가 아니라는 것을 기억해라."

"헛!"

보폭을 넓히며 뒤로 점멸하는 신형. 어느새 용찬은 대쉬 스킬을 통해 거리를 줄였고, 흑색 검신은 허공을 갈랐다.

그리고 재빨리 붕권을 시전하자 당황한 루시엔의 복부로 뇌격이 꽂혔다.

콰쾅!

천장에서부터 낙뢰가 내리쳤다. 루시엔은 피할 틈도 없이 감전 상태에 처했고, 용찬은 천천히 그녀에게 다가갔다.

그 모습에 쿨단과 헥토르는 재빨리 그녀를 도우려 했지만 이미 체력이 한계인 상태였다.

"으으, 말도 안 돼!"

"그래도 이전보단 나아졌군. 이만하면 됐다."

가볍게 이마를 밀어내자 루시엔이 허무하게 쓰러졌다.

무려 3일 동안 반복된 극한의 훈련.

플레이어들을 가정에 두고 벌어진 대련은 그들의 성장에 큰 거름이 되었다. 특히 론다인 길드에게 원한이 있던 루시엔은 더욱 죽기 살기로 달려들었는데, 그 결과 다른 두 명보다 능력치가 조금 더 향상된 상태였다.

"젠장. 오늘도 한 대를 못 맞추었어!"

"아직 한참 부족하지만 더 이상 시간이 없군. 우선 너희들은 돌아가서 쉬고 있어라."

"뭐? 그러면 언제 출발하는……!"

버럭 소리치던 도중 눈이 마주치자 꼬리를 말아 내린다.

평소보다 흥분했던 루시엔은 즉시 정신을 차리고 입술을 깨물었다.

"……건데요."

"진정해라. 따로 소환할 예정이니까. 일단 대기다."

"아하. 저번에 말한 그 아이템들로요?"

이번 질문은 앉아 쉬고 있던 헥토르에게서 나왔다.

펠드릭과 대면 당시 그들의 의문을 풀어준 고유 기능의 아이템. 루시엔은 그제야 납득했는지 입술을 삐죽 내민 채 고개를 돌렸다.

"이해했다면 돌아가 있어라."

재차 지시하자 세 명은 뒤늦게 방으로 돌아갔다.

홀로 남은 용찬은 잠시 제단장의 장갑을 살펴봤다.

'전보다 뇌격의 효과가 상승한 느낌인데. 이것도 속성력의 상승 덕분인가.'

경직의 지속 시간은 물론 낙뢰의 확률도 살짝 높아졌다. 게다가 뇌격 자체의 위력도 상승해 어느 정도 도움이 되고 있었다.

용찬은 흡족해하며 자신의 방으로 돌아왔다. 그리고 그레고리를 불러 남은 일들을 마저 처리하기 시작했다.

"이전에 지시한 병사들의 장비는 어떻게 되었지?"

"예. 모두 말끔히 수리가 되었습니다. 태도는 여전히 마음에 안 들지만 실력 하나는 괜찮은 것 같습니다."

지하 1층을 대장간으로 자리 잡은 잭 펠터는 바쿤에 불만이 가득해 보였지만 지시받은 일은 확실히 처리하는 모양이다.

"더 이상 쿨단이 방패를 빌려 쓸 필요는 없겠군."

"예. 쿨단 님이 현재 쓰시고 계신 방패도 따로 지시를 내려놨으니 금방 교체가 가능할 것입니다. 그리고 또 한 가지 말씀을 드리자면 지하에 따로 정리해 둔 오크들의 사체 말입니다만."

침입을 저지하고 지하에 모아둔 오크들의 사체들. 원래라면 팔아치울 수도 있었지만 지금은 상황이 달랐다.

"아예 가죽들을 벗겨내 병사들의 장비로 제작을 요청하는 게 어떨까 싶습니다."

"대장장이를 최대한 활용하자는 말이군. 확실히 좋은 의견이야. 우선 그 일에 관련해선 너한테 일임하지. 따로 병사들을 데리고 가죽을 채취해 보도록."

"감사합니다, 마왕님."

확실히 상점 기능을 통해 모든 병사의 장비를 구매하기란 까다로웠다.

용찬은 보수로 지급할 골드를 미리 건네며 장비 문제를 맡겼다.

이어 화면을 통해 병사들을 데리고 다니는 칸과 켄을 확인
했다.

-키에엑!

-키엑. 키엑!

잔뜩 어깨에 힘을 준 채 신규 병사들을 타이르는 칸과 켄.

침입 저지 당시 나름의 지휘력을 보인 덕분인지 병사들도
그 둘을 잘 따르고 있었다.

'따로 한 번 더 교육시킬까 했는데 수고를 덜었군.'

힘으로 제압하기보단 둘을 통해 자연스레 적응시키는 게 가
장 무난한 방법일 것이다. 그렇게 두 번째 문제까지 일단락되
자 남은 것은 오크들의 출처였다.

"그레고리, 오크들의 사체에서 따로 나온 것은 없었나?"

"예. 흔적을 찾기 위해 입고 있던 넝마들까지 조사해 봤지만
나오는 것은 없었습니다. 우선 제가 따로 도시의 정보 길드와
접촉하고 있습니다. 마왕님께서 돌아오실 때까지 최대한 알아
보도록 하겠습니다."

"굳이 깊게 파고들 필요는 없다. 최대한 정체를 숨기고 알아
낼 수 있는 정보만 건지도록."

"알겠습니다."

진영 측의 정보 길드와 달리 마계의 정보 길드는 훨씬 더 체
계화된 집단이다. 그만큼 비용 부담은 물론 신원 노출의 위험

도 있는 만큼 행동에 주의해야 했다.

'그러고 보니 마계의 상단과 정보 길드는 직접 본 적이 없군. 역시 나중에 따로 마계의 도시들도 방문해 봐야겠어.'

문제들은 정리됐다. 남은 것은 쿨단의 장비 정도다.

용찬은 여태껏 모은 젬을 확인한 뒤 장비 구매권 상점을 열었다.

[방어구 구매권]

[무기 구매권]

[장신구 구매권]

총 세 가지 종류의 장비. 현 바쿤의 등급을 생각해 볼 때 구매권에서 나올 등급은 F에서 E급 사이다.

'이번에 새로 장비를 얻은 루시엔과 헥토르에 비해 쿨단의 장비는 여러모로 부족해. 우선 쿨단의 내구와 방어력을 극대화시킬 방어구가 필요하겠군.'

병사 소환권과 달리 장비 구매권은 한 장당 무려 2천 젬이었다.

하지만 수행 과제를 통해 총 5천 젬 이상을 확보한 용찬은 망설이지 않고 방어구 구매권을 샀다.

[방어구 구매권을 사용합니다.]

구매권을 찢자 마력이 소용돌이쳤다.

서서히 방 안으로 그려지는 마법진. 그리고 환한 빛과 함께 장비가 모습을 드러냈다.

[고대 전사의 각반]

[등급:매직]

[옵션:방어 피해를 받을 시 일정 확률로 대상에게 공포 효과]

[설명:고대 전사들의 흔적이 남아 있는 장비다. 히리토늄 광석으로 제작되어 상당한 방어력을 가지고 있다.]

푸른 철 재질로 만들어진 하의. 부족하던 부위의 방어구가 나왔다.

'대충 이런 방식인 건가. 나름 방어력은 쓸 만해 보이는군. 이 정도면 충분하겠어.'

드디어 미션으로 출발할 시간이 됐다.

용찬은 침입 저지를 통해 얻은 오크들의 아이템을 건네며 자리에서 일어났다.

"가죽을 모두 채취하면 오크의 사체와 함께 이것들을 모두 처분해라. 그리고 이건 따로 쿨단에게 전하도록."

"예, 알겠습니다. 그러면 이제 마왕님은?"

"그래."

눈앞으로 미션 창이 떠오른다.

용찬은 태현을 떠올리며 살기를 피워냈다.

"미션으로 진입한다."

[휴먼 메트로에 진입했던 플레이어들이 전멸했습니다.]

[출입구가 오픈되었습니다.]

굳게 닫혀 있던 철문이 천천히 올라간다.

오늘만 해도 벌써 세 번째 보는 현상이다.

"또 죽었군."

"또 죽었네."

"또 죽었나 보지."

복면을 두른 자들의 생각은 같았다.

이번 중립 지역 미션이 엄청나게 어렵다는 것. 그리고 가만히 대기하고 있는 것이 무척 지루하다는 것. 점점 열렸다 닫히는 문을 보면서 느끼는 지겨움은 배로 늘어만 갔다.

"놈들 일정이 오늘인 거 맞냐? 타이탄 놈들은 머리카락도 안 보이는데?"

"내가 어떻게 알아. 애초에 그리 뻔하게 일정을 공개했는데 구라일 수도 있는 거지."

"에휴. 쟤들은 지겹지도 않나. 저 꼬라지를 보면서도 벌벌 떨고만 있네."

상당히 넓은 지하 광장 안. 미션을 위해 만들어진 대기실은 여러 진영 플레이어로 가득했다.

중립 지역의 특성상 이곳에서 전투는 불가능했지만 대부분 공포를 느끼는 것은 매한가지였다. 그러다 보니 일찍이 포기하는 자도 속출했지만 나머지는 모두 목적을 가지고 타이탄 길드를 기다리고 있었다.

"내버려 둬. 지들도 노리는 게 있으니 남아 있겠지."

"문제는 진입하기도 전에 벌벌 떨고 있다는 거지만."

눈 밑에 흉터가 인상적인 사내가 낄낄거렸다.

그사이, 대기하고 있던 플레이어들은 조금씩 망설이더니 이내 출입구로 들어가기 시작했다.

"쯔쯧. 부질없다, 부질없어. 가만히 기다리다 콩고물이라도 주워 먹을 것이지."

"뭐, 둘 중 하나 아니겠냐. 먼저 클리어하고 독차지하든지. 아니면 먹잇감이랑 같이 입장해 무엇이든 얻어낼 것인지."

전자 같은 경우 위험부담은 커지지만 잘하면 큰 성과를 얻어낼 수 있다. 반대로 후자 같은 경우 위험부담은 줄어들지만 성과의 일부를 뺏길 수도 있었다.

물론, 그것도 전부 타이탄 길드가 공략법을 알고 있다는 전제하에 가능한 일이었지만 말이다.

"확실히 그놈들. 공략법의 일부를 알아냈거나 보상에 대해서 들은 게 있을 것 같단 말이지."

고대 유적지와 마찬가지로 난이도가 높은 중립 지역 미션이다. 기존 목적지를 변경하면서까지 이곳에 도전하는 것은 무슨 이유가 있는 것이 틀림없었다.

하나, 곁에 있던 동료는 이런 상황에 벌써 싫증이 난 것인지 눈살을 찌푸렸다.

"그러면 뭐해. 정작 그 새끼들은 코빼기도 안 보이는데. 하루 이틀 더 기다려 보고 안 오면 우리도 그냥 빠지자고."

"어휴, 참을성 없는 새끼. 알았다. 알았어."

"이틀 더 기다려 주는 것도 최대한 인내심을 발휘하는 거니까 그전에 빨리 보험이나 찾아놔."

"야, 보험 드는 게 어디 쉽냐. 여기 남은 놈들은 죄다 일행이 있는……."

주위를 둘러보던 동료가 멈칫한다.

위층으로 통하는 계단에서부터 내려오는 한 명의 청년. 착용하고 있는 장비들의 수준으로 볼 때 기껏해야 E급 플레이어 정도다.

"야, 야. 이번 미션 출입 제한이 D급까지였지?"

"금세 까먹었냐. D급까지라서 각 길드도 선별해서 따로 보낸 거잖아."

"확실히 그렇지. 근데 이런 곳에 E급 정도 되는 놈이 혼자 왔다?"

복면 속 감춰진 안면이 뒤틀린다. 중간에 자리 잡고 있던 사내는 흐뭇하게 웃으며 자리에서 일어났다.

"보험 후보생 발견."

[중립 지역 미션 입구로 이동했습니다.]

[마왕성 플레이어 시스템으로 인해 진영이 일시적으로 설정됩니다.]

손등으로 반달 모양 문양이 생긴다. 저번과 달리 이번에는 서부의 다인이다.

'그래도 리오스가 아니란 거에 감사해야 되나.'

미션 초입부에선 같은 진영끼리 함께하게 된다.

혹시라도 의심받을 만한 상황은 사전에 피해야 했다.

'그래도 놈은 헨드릭의 얼굴을 모르니까 괜찮겠어.'

어떤 사연 때문인지는 몰라도 리셋 전 가면을 쓰고 있던 헨드릭이다. 만약 태현과 직접 마주치게 된다고 해도 마왕이란 것을 알지 못할 것이다.

용찬은 눈앞으로 이어진 터미널을 보며 마지막으로 정보창을 확인했다.

[힘:12][내구:8][민첩:11][체력:12]
[마력:5][신성력:0][행운:6][친화력:4]

'이 정도면 E급 플레이어로 보이긴 하겠어. 다만 문제는 스킬과 장비, 그리고 아이템이야.'

최대한 이번 미션을 통해 세 가지를 보완해야 했다.

그리고.

[영혼 결속(마족 전용)]

[등급:S(육체와 영혼의 괴리로 인해 페널티가 적용되어 E- 상태입니다.)]
[효과:정신의 성장에 따라 육체적 능력이 강화됩니다.]

마족 고유 특성 또한 문제였다.

'발현하지 않는 권능보단 낮지만 던전 이후로는 아예 진전이

없어.'

마족의 육체는 능력치를 떠나 기본적으로 플레이어와 차이가 났다. 용찬은 아쉬움을 지우며 익숙한 길을 따라 계단 앞에 도착했다.

중립 지역 미션, 아니, 휴먼 메트로 미션의 대기실. 이미 한번 겪어봤던 장소로 다시 오게 되자 감회가 새로웠다.

'예상대로 냄새를 맡은 플레이어들이 전부 출동했군. 그나마 등급 제한이 걸려 있어서 다행이야.'

비록 한 단계 높은 D급까진 입장이 가능했지만 그 정도는 충분히 상대는 가능했다. 아마 지금 태현의 등급도 D급 혹은 E급일 것이다. 용찬은 자신에게로 모여드는 시선을 무시한 채 입구를 확인했다.

[플레이어 광혁태 님이 메트로 티켓을 사용했습니다.]

마침 대기하던 자들이 또 한 번 미션에 도전했다. 하나, 제대로 된 공략법을 모르는 그들은 단순한 희생양일 뿐. 헛된 희망에 목숨 거는 것만큼 부질없는 것도 없었다.

'애써 기다려놓고 그새를 못 참다니.'

용찬은 쓴웃음을 흘리며 아래로 내려갔다.

그 순간.

"잠깐. 스탑, 스탑, 스탑."

검은 복면의 사내가 손을 저으며 앞을 가로막았다.

팔에 새겨진 반달 모양의 문신. 같은 다인 진영 플레이어였지만 그게 문제가 아니었다.

'……이 자식은?'

언뜻 익숙한 차림새. 절로 위험한 냄새가 풍기는 분위기.

"이봐, 친구. 여기가 어디라고 혼자 온 거야. 혹시 중립 지역 미션이 처음인 건 아니지?"

결코 잊히지 않는 불쾌한 말투까지 전부 동일했다.

용찬은 잠시 고민하다 이내 경계심을 품은 플레이어처럼 행동했다.

"내가 처음이든 아니든 당신이랑 무슨 상관이지?"

"에헤이. 이 친구 처음 맞네. 자자, 경계 말고 내 얘기부터 들어봐. 이쪽으론 나보다 더 잘 아는 놈도 없을 테니."

"필요 없어. 굳이 당신네랑 엮일 생각 없으……."

"아차차. 내 소개가 늦었네. 일단 저기 저쪽에서 손 흔들고 있는 놈들이 내 동료야. 진작에 봐서 알겠지만 좀 떨어지는 놈들이지. 하지만 좋게 봐달라고. 그리고 내 이름은 조성현. 중립 미션 쪽으론 나를 모르는 사람이 없을 정도야."

자연스레 어깨로 손이 올라온다. 자신을 성현이라 소개한 그는 살짝 복면을 벗어 싱긋 미소를 보였다.

"걱정 마. 피해 줄 생각은 하나도 없어. 그저 얘기만 들어보라는 거야. 그다음 무엇을 하든 우린 절대 신경 안 써. 어차피 여긴 중립 지역이잖아. 그렇지?"

"……그 정도라면야."

"좋아, 좋아. 이리로 오라고. 내가 중립 미션에 대해 아주 자세히 설명해 줄 테니까!"

마침내 사냥감이 미끼를 덥석 물었다.

살며시 올라가는 양쪽 입꼬리.

'레드 클리프 3인조. 이런 곳에서 만날 줄이야.'

과연 누가 사냥꾼일지는 아직 모르는 일이었다.

레드 클리프 3인조. 한때 다인 진영이었던 그들은 워낙 깊어진 악명으로 인해 머더러로 신분을 갈아탄 적이 있다.

리셋 전으로 따지면 거의 3년 차 이후의 일이지만 뇌리 속에 깊게 박힌 기억이기도 했다. 그만큼 놈들은 용의주도하며 번번이 진영의 고유 목표를 방해했었다.

잔혹한 것은 물론 인간의 심리를 잘 이용하는 전문적인 살인자.

"자, 친구 한 명을 더 데려왔어. 이 친구도 중립 미션에 대해 잘 모르는 모양이야. 너처럼 혼자 온 것 같더라고. 함께 있는 동안 잘 대해줘."

그런 자들과 지금 한자리에 앉아 있었다. 성현은 어디서 데려온 것인지 또 한 명을 모닥불 앞에 앉혔다.

"저, 저기. 정말 그 말이 사실인가요?"

"아, 이 아가씨가 끝까지 말을 못 믿네. 정말이라니까. 그치, 상훈아?"

"……."

"저기 상훈 친구?"

뒤늦게 어깨를 두들기자 용찬, 아니, 한상훈이란 가명의 용찬이 고개를 들었다.

"아, 예. 사실입니다. 저도 처음엔 믿기지 않았지만 이분들의 설명을 들으니 알겠더군요."

"거봐. 맞다니까 그러네. 꼭 같이 다니라는 거 아니니까 설명부터 듣고 판단하라고, 혜림 양."

"……그런 거라면 일단 들려주세요."

그 이후 용찬이 들었던 설명이 재차 반복됐다. 정확히 2일 전에도 귀에 박히게 들었던 중립 미션의 구조다.

'2일 동안 최대한 의심을 풀긴 했는데. 일단 디텍터 주문서는 없는 거라고 봐도 되겠지.'

아직 다인 소속 플레이어였지만 1회용 주문서는 누구라도 들고 다니게 마련이다. 다행히 상훈이란 가명으로 정보창은 공개하지 않는 상태였고, 따로 주문서를 사용할 기미는 보이지 않았다.

"아아, 놈들은 언제 찾아오려나. 이제 2일째인데. 설마 안 오는 거 아니야?"

"재수 없는 소리 하지 마. 안 그래도 슬슬 빡치니까."

성현의 동료인 백중태와 김형배. 그 둘은 타이탄 길드에 대해 이를 갈며 시시콜콜한 얘기를 주고받았다. 그리고 할 이야깃거리가 떨어질 때쯤, 용찬에게로 시선을 돌렸다.

"그나저나 베드릭에서 왔다고 하던데. 거긴 좀 어때?"

"딱히 달라진 것은 없습니다. 지금도 길바닥에 나앉은 자들은 그대로고 유명세를 탄 길드들이 주도하는 분위기죠."

"하긴. 그쪽은 워낙 길드 소속 플레이어와 무소속 플레이어 간의 차이가 심하니까."

다양한 진영 플레이어들과 함께 다녔던 경험은 이럴 때 도움이 됐다.

그사이, 중립 미션에 대한 설명이 끝났는지 성현이 재차 단발머리의 여성을 소개했다.

"설명은 대충 끝났어. 우선 우리랑 함께 다닌다고 하네. 그래도 우리 파티의 홍일점이니 다들 잘 대해주라고. 막 흥분해서 헛짓거리하지 말고!"

"아, 안녕하세요. 차혜림이라고 합니다. 이, 일단 잘 부탁드려요."

"우리야 여성분이랑 함께 다니면 더 좋지. 혜림 씨, 제 곁에 최대한 붙어 다니세요. 미션 동안 지켜 드리겠습니다."

"개자식이. 벌써부터 작업질이냐. 때려치워, 인마!"

다소 삭막하던 분위기는 점점 잊혀갔다.

혜림도 나름 적응하는 타입인지 어느덧 편하게 대화를 나누기 시작했다.

그리고 서로 현실에 대한 주제로 이야기를 나눌 즈음.

"타이탄이다."

"저거 봐. 타이탄 길드야."

"벌써 몇백 명이 죽었는데 이제서야 나타나다니."

수십 명의 무리가 대기실로 나타났다.

리오스 진영의 소규모 길드이자 유적지 공략 우선권을 얻게 된 타이탄 길드. 마침내 기다리던 목표가 나타났지만 대기하던 자들의 시선은 그리 곱지 않았다.

"이야. 기다리다 목 빠지는 줄 알았네. 갑작스레 주목을 받게 된 놈들이 뭐 저리 가오를 잡고 오는 거야."

"리오스 진영 쪽 대형 길드들이 전폭적인 지원까지 해주고 있다던데. 나름 믿어볼 만한 한 수라도 있는 거겠지."

"쳇. 슬슬 우리도 준비하자고."

벌써 다른 파티들은 후드를 눌러쓴 타이탄 길드를 따라 입구로 향하고 있었다. 그에 질세라 성현네 일행도 금방 자리에서 일어나 합류했고, 선두에 있던 길드원이 카드를 갖다 대자 열려 있던 출입구가 푸른빛을 발했다.

[플레이어 송동현 님이 메트로 티켓을 사용했습니다.]

꿈쩍도 하지 않던 두 번째 출입구가 개봉된다.

예상대로 그들도 미션 진입 아이템을 소유하고 있었다.

"잠깐. 송동현이라면 룬 길드의 그놈 아니야?"

"신규 루키로 손에 꼽히는 네임드 플레이어잖아."

"설마 타이탄 길드로 스카우트 당한 건가."

송동현. 한창 마법의 귀재라고 소문이 파다한 리오스 플레이어였다. 특히 중형 길드인 룬 길드에서 상당한 성과를 올리고 있던 자였는데, 어찌 된 것인지 타이탄 소속인 채로 이곳에 모습을 드러낸 상태였다.

'⋯⋯마도 학살자. 이런 놈까지 끌어들인 건가.'

동현이라면 용찬도 익히 알고 있던 자다. 진영 간의 전쟁 당시 학살 병기로 이름을 날린 워 메이지. 그 당시 직접 부딪힌 적은 없지만 랭커로 자리 잡고 있던 플레이어였다.

"저기, 상훈 씨?"

"아, 죄송합니다. 저희도 얼른 들어가죠."

뒤늦게 정신을 차린 용찬은 일행과 함께 안으로 들어섰다.

그리고 곧장 길을 따라 쭉 걷자 또 한 번 지하로 통하는 계단이 나왔다.

"이야. 진짜 전철역 같은데?"

"그러게요. 대기실부터 느꼈지만 비슷한 것 같아요."

"이제 저기만 넘어가면 미션 시작이라 이거지."

밀폐된 지하 속 탁한 공기. 일부 전등으로만 길을 비추는 어두컴컴한 분위기까지. 벌써부터 긴장한 플레이어들은 각자 마른침을 삼켰다.

그사이, 가장 앞에 서 있던 동현은 세 번째 문으로 재차 카드를 갖다 댔다.

[출입구가 클로즈됩니다.]

후방으로 셔터가 내려가기 시작했다.

이제 더 이상 추가 인원은 없을 것이다.

성현은 가볍게 손가락을 털며 일행의 어깨를 두들겼다.

"좋아. 이제 슬슬 직업부터 공개해 보자고, 친구들."

"아, 전 드루이드란 직업을 가지고 있어요. 주로 치료나 보호쪽 스킬을 사용해요."

"오호. 히든 직업 같은 거야? 우리 파티로 그런 귀한 분이 들어오다니, 놀라운데?"

"귀, 귀한 분이라뇨. 딱히 그 정도까진 아니에요."

서서히 한 명씩 직업을 공개하는 분위기다.

용찬은 대놓고 히든 직업이란 것을 알려주는 혜림을 한심스럽게 쳐다보다 이내 자신을 직업을 밝혔다.

"무투가입니다. 주로 탱커를 맡고 있습니다."

"이야, 든든하겠네. 좋아. 대충 조합은 갖춰진 것 같은데?"

성현의 직업은 주술사, 중태의 직업은 도적, 그리고 형배의 직업은 궁수였다. 기본적인 파티 조합은 아니었지만 남은 두 명을 합치면 나름 균형은 맞을 것이다.

'주술사, 도적, 궁수라. 재밌군.'

진실을 알고 있는 자만이 가지는 여유다.

그렇게 각자 소개가 끝나자 일행은 쭉 무리를 따라 계단을 내려갔다.

점점 눈앞으로 드러나는 승강장.

플레이어들은 익숙한 내부 광경에 웅성거리기 시작했다.

그 순간.

따리리리!

중앙 화면으로 적색 불이 들어왔다.

'드디어 온다.'

모두 당황하고 있지만 용찬만큼은 알 수 있었다.

[로렌 역으로 향하는 열차가 진입하고 있습니다.]

[출입 제한은 리오스 진영.]

[해당 플레이어들은 즉시 탑승해 주시기 바랍니다.]

휴먼 메트로 미션을 진행하기 위해 가장 중요한 수단.

수천 명의 플레이어를 나락으로 떨어트린 공간.

"어어. 저기 열차가 들어온다!"

"진짜 그 열차야?"

"리오스, 리오스 진영이라면 우리도 타야 해!"

마침내 좌측 철로를 통해 커다란 열차가 멈춰 섰다.

용찬은 두 눈을 빛내며 탑승하는 플레이어들을 바라봤다.

'지옥행 열차 출발이다.'

[휴먼 메트로 미션 가이드]

[1. 휴먼 메트로의 전철역은 40개다.]

[2. 정착지는 랜덤으로 정해지며 따로 환승역도 존재한다.]

[3. 첫 열차에 오른 플레이어들은 총 14개의 역을 거치며, 매

정착지마다 수행 목표를 진행하게 된다.]

[4. 7번째 정착지는 환승역이며, 다른 진영 열차와 충돌하게 된다.]

막 네 번째 열차가 출발할 때쯤, 모두의 눈앞으로 메시지가 떴다. 플레이어들은 그것이 기본적인 설명이란 것을 깨닫고 머릿속에 꼭꼭 담아 넣었다.

그리고 일부 눈치가 빠른 자들은 두 가지를 중요시했다.

'정착지는 랜덤. 양쪽으로 선로가 있다고 했을 때 다른 진영과 만날 가능성도 있다는 거고. 환승역에선 완전히 충돌한다는 건데. 이거, 미리 보험 두 개를 들어놓길 잘했어.'

성현은 용찬과 혜림을 보며 히죽거렸다.

위급한 상황에 처할 때마다 한 명씩 미끼로 삼는다면 자신들은 보다 안전할 것이다.

'어디 보자. 그러면 우선 첫 번째 제물은 누구로 할까.'

근접형 탱커와 원거리형 보조 힐러. 선택한다면 전자였다.

성현은 몰래 흑의 안에서 주문서 두 개를 꺼내 찢었다.

[대상에게 일회용 감지 차단 효과가 적용됩니다.]
[대상에게 잠복 석화 효과가 적용됩니다.]

이것으로 한 명은 꼼짝달싹하지 못한 채 제물 확정이다.

그 증거로 용찬의 반달 문양이 반대 방향으로 회전되어 있지 않은가. 만약 알아챘다고 해도 E급 플레이어로선 효과를 알 턱이 없었다.

'모르면 더 좋고. 알아도 의문만 깊어질 뿐, 효과를 절대 풀 순 없을 거야.'

가볍게 다른 두 명에게도 눈짓을 보내자 벌써 의미를 알아채고 고개를 끄덕여 왔다. 그리고 세 명은 뒤이어 도착한 다인 진영의 열차를 보며 여유롭게 발걸음을 옮겼다.

기본적으로 휴먼 메트로의 난이도 자체는 그리 높지 않다.

그렇지만 정착역을 지날 때마다 수행 과제는 어려워지며 가끔 위기 상황도 발생하곤 한다. 아마 첫 번째 역에 도착하게 될 때쯤 그 사실을 눈치채는 자도 여럿 있을 것이다.

'벌써 주문서를 사용한 건가. 역시 디텍터 주문서는 구하지 못했나 보군.'

한산한 열차 속에서 손등을 확인한 용찬은 슬쩍 웃었다.

진영의 표식이 달라지는 것이면 일종의 구속 효과. 분명 원하는 순간에 맞춰 몸에 심어둔 스킬을 발동시킬 것이다.

"저희 이 세계를 빠져나갈 순 있을까요?"

"혜림 양, 걱정 마. 우리도 현대로 돌아가는 게 목표니까. 꼭 같이 살아남자고!"

"제발 그랬으면 좋겠네요."

현대로의 귀환. 리셋 전에도 그랬지만 언제나 탈출을 바라는 플레이어들은 매번 존재해 왔다. 혜림 또한 그중 하나였다.

'사실 게이트를 넘어 갈 수 있는 건 한 명뿐이야.'

문득 불쾌한 목소리가 들려온다.

안타깝게도 모두가 간절히 바라는 귀환은 단 한 명만을 위해 존재했다.

'첫 번째 목표라면 다를지도 모르지만, 정확히 밝혀진 것은 없지.'

혹시 여기서 태현과 마주친다면 의문이 풀릴지도 모른다.

만약 이곳에 있다 해도 놈은 타이탄 길드와 함께였다. 무턱대고 달려들었다간 오히려 정체만 들키고 그들에게 집중 공격을 받을 것이 뻔했다.

'우선 침착히 미션부터 집중해야겠어.'

용찬은 곁에 앉아 있던 혜림을 곁눈질했다. 보통 신성력을 통해 스킬을 시전하는 힐러와 달리 대지의 기운을 사용하는 것이 드루이드다. 언데드를 제외한다면 다른 종족은 대부분

치유가 통할 가능성이 컸다.

　장비 또한 튜토리얼 미션에서 얻은 세 가지뿐이니 이제 남은 것은 자신에게 힐이 적용되는 지를 확인해 보는 것.

　그리고 평범한 탱커로서 연기를 하는 정도였다.

[아콘 역에 도착했습니다.]

[몬스터들이 몰려오기 시작합니다.]

　마침 첫 번째 역에서 열차가 멈추었다.

　용찬은 좌측으로 열리는 문을 통해 달려오는 몬스터들을 확인했다.

　"조, 좀비랑 구울들이 몰려오고 있습니다!"

　"어이, 어이. 큰일이잖아. 이게 수행 과제라는 거야?"

　"얼른 막아야 돼. 저놈들이 열차에 손상이라도 준다면 큰일이라고!"

　동시에 일행이 바깥으로 빠져나갔다.

　다인 진영 플레이어는 얼추 30여 명.

　다른 자들도 상황이 심각하다는 것을 깨달았는지 즉시 몬스터들을 막아내기 시작했다.

　"쿠에에에엑!"

　"그어어어!"

"크르르르!"

좀비, 구울, 광견들로 구성된 무리. 다행히 등급은 E급에 지나지 않았고, 플레이어들은 스킬을 남발하며 빠르게 격퇴해 갔다.

용찬의 일행도 마침 두 번째 칸 앞에서 놈들을 상대하고 있었는데, 특히 레드 클리프 3인조가 가장 눈에 들어왔다.

[멀티 샷이 발동됩니다.]

[바람의 토템이 발동됩니다.]

[독성 오염이 발동됩니다.]

매직급 장비로 증폭된 스킬의 효율은 상당했다.

'그래도 기본적인 스킬은 배우고 왔다 이건가.'

한눈에 봐도 주요 스킬들은 아끼는 모양새다.

곁에 있던 혜림은 강한 위력에 입만 떡 벌리고 있었지만, 용찬만큼은 알 수 있었다.

[꽃의 보호가 발동됩니다.]

[생명의 씨앗이 발동됩니다.]

때마침 드루이드의 스킬이 전신을 휘감았다. 좀비를 막아내던 용찬은 상처에 싹튼 씨앗을 보며 확신을 가졌다.

'됐어. 대지의 기운은 통한다.'

이렇게 되면 프루나 던전 때처럼 굳이 변명 거리를 만들지 않아도 됐다. 특히 현재 착용하고 있는 장비는 튜토리얼 미션에서 얻은 세 가지뿐이다.

하나, 정상적으로 힐을 받을 수 있다면 오해받지 않고 편안히 선두를 지킬 수 있었다.

그리고 그 예상은 정확히 적중했다.

'비쩍 마른 놈이라 불안불안했는데 그래도 꽤 잘 버티는데? 아니면 그만큼 드루이드의 스킬 효율이 좋은 거려나?'

후방에 있던 성현은 흡족한 눈빛으로 확신했다.

버림 패로 안성맞춤인 보험용 플레이어. 그다지 경계해야 할 만한 스킬도 없었고, 탱커로서 뛰어난 것도 아니었다.

'이렇게 되면 의심할 여지 없이 제물로 확정.'

계획은 하나의 오차도 없이 완벽히 진행되고 있었다.

그사이 열차를 습격했던 몬스터들은 완전히 정리됐고 플레이어들은 다시 열차에 오르기 시작했다.

한 정거장, 또 한 정거장씩. 역을 지날수록 수행 과제의 난이도는 높아졌다. 몬스터의 등급은 서서히 올라갔고, 가끔씩

네임드 몬스터가 출현해 플레이어들을 죽이기도 했다. 생존자
는 자연스레 줄어들었고 지금은 20명도 채 안 남은 상태였다.

"쿠어어어어!"

진흙으로 이루어진 괴물이 비명을 지른다.

여섯 번째 역에서 등장한 D급 네임드 몬스터 게스테. 물리
적인 공격이 통하지 않아 골치 아픈 녀석이었지만 다행히 마법
저항력만큼은 낮았다.

[몬스터를 모두 처치했습니다.]
[모든 플레이어는 열차에 탑승해 주시기 바랍니다.]

깜깜했던 열차 안에 불빛이 켜졌다.

한참 마법을 난사하던 플레이어들은 헉헉거리며 게스테의
시체를 확인했다.

"쳇. 이번에도 아이템은 쥐뿔도 없어."

"에라이. 이렇게 개고생했는데 어떻게 아이템 하나 없냐."

"이번 역에서도 세 명이나 죽었어. 다음은 환승역일 텐데 어
떻게 다른 진영 놈들과 싸우지?"

갈수록 몸과 정신이 지쳐간다.

그들은 힐과 포션에 기댄 채 힘겹게 열차에 올랐다.

'이게 휴먼 메트로 미션의 가장 무서운 점이지.'

물질적 보상도 없는 전투. 그리고 환승역에 가까워질수록 느껴지는 심리적 불안감. 플레이어에게 이보다 더 안 좋은 상황도 없었다.

[민첩 능력치가 1 상승했습니다.]
[카운터의 스킬 레벨이 상승했습니다.]

'스킬 등급은 아직 멀었군.'

하멜에서 스킬 레벨은 숙련도에 따라 상승된다. 자체적으로 등급을 올리기 위해선 더 높은 숙련도를 필요로 했다.

"후아. 어쩌죠, 이제 다음 역이 환승역이에요. 아무래도 다른 진영과 싸우게 될 것 같은데 큰일이네요."

"에이. 혜림 양, 이때까지 우리 실력 봐왔잖아. 걱정할 것 없어. 우리만 믿고 따라오면 된다고."

"그, 그렇겠죠?"

"당연하지. 안 그래, 상훈아?"

열차에 오르자마자 일행의 시선이 용찬에게로 모여들었다.

"상훈이도 제법이더만. 덕분에 우리도 편하게 싸웠어."

"아아, 맞아. 저 정도면 탱커로서 준수한 편이지. 앞으로도 계속 그렇게 부탁한다고."

정확히는 부탁을 가장한 강요다. 지금처럼 근접형 계열이 없는 파티에서 탱커는 가장 부려먹기 좋은 직업이었다.

'하지만 탱커보단 힐러를 데려가는 것이 더욱 편할 테지.'

슬슬 열차가 흔들리기 시작한다.

일행은 갑작스레 균형이 무너지자 주변 사물을 잡고 당황해했다.

[곧 리버스 역에 도착합니다.]

[페이튼 진영 열차와 충돌합니다.]

정면으로 환히 비춰지는 불빛, 격하게 흔들리는 시야.

콰아아앙!

마침내 충격이 밀려오자 신형이 급히 뒤로 쏠렸다.

용찬은 아찔한 상황 속에서도 간신히 봉을 잡았고, 깨진 유리 사이로 올라오는 연기를 확인했다.

[리버스 역에 도착했습니다.]

어느새 멀쩡히 철로를 달리던 열차는 뒤집어진 상태. 바깥으로는 그새 정신을 차린 플레이어들이 한바탕 칼부림을 벌이고 있었다.

'두 번째 겪는 거지만 요란스러운 것은 알아줘야겠어.'

천천히 균형을 잡고 바닥으로 내려온 용찬은 주변을 확인했다.

쓰러진 자는 총 네 명. 그중 D급이던 3인조는 부상을 입은 상태였지만 조금씩 정신을 차려갔다.

"크윽. 뭐가 어떻게 된 거야!"

"분명 열차가 충돌하……. 이런! 다들 얼른 일어나. 페이튼 진영이야!"

"저 개자식들. 우선 자리를 피해야겠어. 어이, 넌 그 여자 챙겨서 빨리 따라와!"

적들이 불타는 열차 안으로 마법을 시전하려 했다. 3인조는 조급한 마음에 허둥지둥 밖으로 빠져나갔고, 용찬은 뒤늦게 혜림을 등에 업은 채 그들을 따랐다.

'페이튼 놈들, 꽤 많이 살았나 보군. 여기선 다인 진영이 밀리겠어.'

이미 주위는 온통 불바다. 간간히 다인 진영도 보이긴 했지만 수적으로 불리했다. 그사이 3인조는 익숙한 현대 구조물들 속에서 위층으로 오르는 계단을 빠르게 발견해 냈다.

하지만 그 앞을 막아선 적들을 보자 선뜻 발걸음이 옮겨지지 않았다.

"어떻게 하지. 페이튼 놈들만 열댓 명이야!"

"젠장. 어디로…… 저건?"

급히 주위를 둘러보던 성현의 눈에 또 다른 길이 보였다.

[엘리베이터 2호기]

    단숨에 위층으로 향하는 승강기. 지금도 작동이 되는지는 의문이었지만 달리 방법이 없었다.

    "저 통로야. 얼른 뛰어가!"

    "이런. 놈들이 쫓아온다. 뛰어, 뛰어!"

    추격전이 벌어진다. 쫓아오는 숫자만 해도 무려 8명.

    전혀 승산이 없다는 것을 알고 있던 3인조는 반격조차 하지 않고 내달렸다. 그리고 승강기 앞에 도착하자마자 중태가 바닥에 무언가를 설치했다.

    "좋아. 아직 작동되고 있어."

    "다행입니다. 그런데 저건 대체?"

    "아, 그거?"

    마침 승강기의 문이 열린다.

    성현은 찢어진 복면 사이로 입꼬리를 말아 올렸다.

    "마지막 선물 같은 거야. 잘 받아두라고."

    "예? 그게 무……."

    전신으로 밀려오는 중압감. 성현의 손에선 불길한 마력이 흘러나오고 있었다. 용찬은 당황할 새도 없이 몸이 굳어버렸고, 형배는 혜림을 안아 든 채 승강기 안으로 들어갔다.

"이, 이게 무슨 짓입니까?"

"무슨 짓이긴. 재밌는 짓이지. 뭐, 운이 좋다면 살아남을 수도 있을 거야."

서서히 적들과의 거리가 가까워진다.

이미 몇 명은 원거리 스킬을 통해 승강기를 노렸다.

"물론 상훈이에겐 무리겠지만."

성현의 조소와 함께 문이 닫혔다. 페이튼 진영 플레이어들은 위로 올라가는 승강기를 보다 이내 고개를 돌렸다.

"이런, 놓쳤잖아. 칫. 얼른 저놈을 처리하고 우리도 따라 올라가자."

"이 새끼 버려진 것 같은데, 좀 불쌍하지 않냐?"

"알 바야. 빨리 죽여 버려!"

백색 갑주의 사내가 창을 높이 들어 올렸다.

하나, 홀로 남겨진 용찬은 멍하니 바닥만 내려다봤다.

"근데 이 자식. 왜 바닥만 쳐다…… 헉. 머, 멈춰!"

콰앙!

점멸하는 시야. 커다란 굉음과 함께 폭발이 일어났다.

통로는 순식간에 난장판이 됐고, 플레이어들은 일부만 살아남아 뿌연 연기 속에서 모습을 드러냈다.

"콜록, 콜록. 뭐가 어떻게 된 거야."

"아까 그 새끼, 엘리베이터를 타고 먼저 올라간 놈이 함정을 설치해 둔 게 분명해."

"젠장, 빌어먹을 자식. 버리고 가더니 이런 이유였나."

미끼로 시간을 벌고 심지어 방심까지 유도했다. 이제 폭발의 피해로 승강기도 고장 났으니 추적은 불가능할 것이다.

"미끼 한 놈 때문에 이게 무슨 난리야. 하아. 일단 떨어진 아이템이라도 있나 확인해 봐."

"그래야…… 헉. 저, 저길 봐!"

뿌연 연기 사이로 보이는 새하얀 백골. 갑옷처럼 전신을 감싼 흉흉한 뼈는 마치 거미줄을 연상케 했다.

그리고.

달그락.

커다란 방패 속에서 서서히 붉은 안광이 드러나고 있었다.

[일점 발화가 발동됩니다.]

달려들던 자들이 동시에 불타오른다. 그들은 극심한 고통 속에서 발버둥 쳤고, 반격조차 못 하고 생을 마감했다. 주위에 있던 동료들은 재가 된 체를 내려다보며 망설였다.

"우, 우리랑 격이 다르잖아. 어떻게 상대하라는 거야!"

"……쫄 거 없어. 일제히 달려들어서 제압하면 마법사 놈도 별거 없다고."

"말이야 쉽지! 젠장. 이럴 거면 애초에 저놈은 무시하고 올라갈 걸 그랬어!"

동일한 등급이라도 수준 자체가 달랐다. 리미트리스 진영 플레이어들은 후드를 눌러쓴 적을 앞에 두고 티격태격했다.

그사이 눈앞의 적은 마력을 끌어모았고, 피할 틈도 없이 재차 일점 발화가 시전됐다.

"끄아아아아악!"

"그냥 도망쳐!"

"사, 상대가 안 돼."

후드 로브의 마법사, 아니, 룬 길드의 신규 루키 송동현.

그는 도망치던 자들까지 깔끔히 처리하며 상황을 마무리했다.

"대충 끝났군요?"

언제 나타난 것인지 나긋한 인상의 청년이 주위를 둘러보고 있었다. 동현은 손바닥 위로 일렁거리는 마력을 풀며 그를 노려봤다.

"어디 계셨던 겁니까."

"아아, 한 명 찾아볼 사람이 있어서 말이죠. 잠시 둘러보고 왔는데 안타깝게도 예상이 빗나간 모양이더군요."

"길드의 명령 때문에 당신과 행동하고 있지만 너무 멋대로 행동하지 마시기 바랍니다. 유태현 님."

"물론이죠. 전 언제까지나……."

태현이라 불린 청년이 기둥 쪽으로 단검을 던졌다.

갑작스러운 행동에 동현은 잠시 눈살을 찌푸렸고, 뒤늦게 기둥 뒤에 있던 적이 풀썩 쓰러졌다.

"길잡이 역할이니까요."

가느다란 실눈이 떠진다.

지시를 받고 동행하게 됐을 때부터 당최 속을 알 수 없는 플레이어였다.

'절대 심기를 거스르지 말란 지시가 있긴 했지만, 도저히 적응하기 힘든 놈이야.'

무엇보다 E급 플레이어라고 볼 수 없는 깔끔한 실력. 최근 진영 내에서 주목받고 있는 자신도 섣불리 승기를 예상할 수 없는 태현이었다.

"우선 이 근처는 정리가 끝난 것 같고. 슬슬 이동해 보도록 하죠."

"상층 환승 지역으로 올라가는 곳은 그쪽이 아닙니다."

"아, 미리 말씀드리는 것을 깜빡했군요. 여긴 좀 특별한 곳이라서 말입니다. 가만히 기다리기만 해도 히든 피스가 저절로 나타날 겁니다."

"……도대체가."

한 번도 클리어하지 못한 휴먼 메트로 미션이다. 한데 태현은 이미 겪기라도 한 듯 확신을 담아 말하고 있었다.

"자자, 얼른 따라오십시오."

"……알겠습니다."

동현은 잠시 머뭇거리다 이내 길드원들과 함께 태현을 따라가기 시작했다.

[쿨단이 소환됐습니다.]

[미션 동안 함께 동행하게 됩니다.]

마침내 첫 번째 바룬의 병사가 등장했다. 그것도 현재 마왕성 내에서 가장 내구 및 체력이 높은 쿨단이다.

철갑화와 방패술. 그리고 이번에 얻은 방어구까지 포함한다면 폭발의 위력을 견디기엔 충분했다.

'잠복 석화의 장점은 자신이 원하는 때에 석화를 발동시킬 수 있다는 거지만, 편리한 만큼 지속 시간도 짧지.'

자욱했던 연기가 완전히 걷혔다. 더 이상 연기를 할 필요도, 쓸데없이 적에게 당해줄 필요도 없어진 상황.

[제단장의 장갑을 착용했습니다.]

[블랙 파니르 슈트를 착용했습니다.]

[파괴의 반지를 착용했습니다.]

[속삭임의 귀걸이를 착용했습니다.]

용찬은 즉시 본색을 드러내며 자리에서 일어났다.

플레이어들은 일순 당황하며 움찔거렸지만 이내 기세등등해졌다.

"그래, 단순한 미끼는 아니었다, 이거지."

"소환사인가 본데, 폼 잡는 거 보니 믿는 수가 있는 것 같아. 다들 조심하라고."

"어이, 어이. 다들 쫄 거 없어. 어차피 겨우 두 놈이라고. 이 숫자로 질 것 같아?"

근접 계열 4명, 원거리 2명. 확실히 숫자상으로 볼 때 그들이 유리하기 그지없는 상황이다.

하나, 그것은 단순히 용찬을 보통 플레이어로 기준 잡았을 때의 이야기다.

[루시엔이 소환됐습니다.]

[헥토르가 소환됐습니다.]

연달아 다크 엘프와 뱀파이어가 나타났다. 예상 못 한 추가 증원에 플레이어들의 표정은 일그러졌고, 루시엔은 갑작스러운 소환에 당황해하다 그들을 보자마자 이내 살기를 풀풀 휘날렸다.

"플레이어 자식들. 모조리 죽여 버리겠어."

"제, 젠장. 저 다크 엘프부터 막아!"

선두에 있던 근접 계열 플레이어들이 전투태세에 돌입했다. 신속화를 통해 속도를 끌어 올린 루시엔은 벽을 타고 창을 쥔 사내에게로 달려들었다. 그리고 쿨단이 즉각 날아오는 마법들을 버텨내며 교전이 시작됐다.

'일정이 촉박해 겨우 2일 정도밖에 훈련을 못 시켰지만 그래도 효과는 있었나 보군.'

헥토르는 적절히 원거리 계열의 플레이어들을 사격하며 스킬 시전을 방해했고, 쿨단은 적들의 스킬들을 우선 막아내며 선두의 놈들과 간격을 유지하고 있었다.

물론 이성을 잃은 루시엔만큼은 좀처럼 감을 찾지 못하고 있었지만 점차 훈련 당시의 몸놀림이 나오기 시작했다.

"빌어먹을. 소환사 놈부터 죽여 버려!"

"아직도 나를 소환사로만 알고 있다니."

쿨단이 놓쳐 버린 적이 용찬에게로 접근해 왔다.

두 명의 장비로 추정해 볼 때 직업은 각각 검투사와 워리어.

비교적 치열한 공방을 지향하는 계열이었지만 상대하기 부족한 점은 없었다.

용찬은 뿜어내며 대검을 든 놈의 스킬을 피해냈다.

그리고 빠르게 옆구리로 파고들어 첫 타격을 입혔다.

파지지직!

"크윽. 가, 갑자기 몸이!"

"뭐 하고 있는 거야!"

이전보다 향상된 감전 상태의 지속 시간. 양날 도끼를 쥔 사내는 동료를 구하기 위해 재빨리 달려들었다.

[광폭화(워리어 전용)가 발동됩니다.]

전신에서 끓어오르는 붉은 기운. 사내는 빨라진 공격 속도를 통해 용찬을 압박해 나갔다.

'이 정도 속도면 얼추 D급 정도 광폭화인가.'

스킬 레벨까진 알지 못했지만 지속 시간은 예상이 갔다.

그사이 감전 상태가 풀린 것인지 검투사가 합류했고, 양 방향에서 서로 죽을 맞춰 밀어붙이기 시작했다.

'나름 합을 맞춰 본 티가 나긴 하지만……'

아슬아슬하게 목덜미를 스치고 지나가는 도끼날. 순식간에 속도가 증폭되긴 했지만 점점 패턴이 뻔해지고 있었다.

용찬은 찔러오는 대검을 흘려낸 뒤, 보폭을 줄이며 검투사 놈의 복부로 파고들었다.

"엉성하기 그지없어."

"컥!"

푸른빛을 발하는 파괴의 반지, 동시에 붕권에 직격당한 사내가 바닥을 나뒹굴었다.

이제 놈은 또다시 감전 상태에 처해 일정 시간 동안 합류하지 못할 터. 용찬은 그 틈을 놓치지 않고 광폭화가 풀려가고 있는 워리어의 다리를 후려 찼다.

"어, 엇!"

"균형이 무너지면 자세를 잡기 힘들지."

"개자식이!"

"애써 도끼를 휘둘러 봤자 빗나갈 뿐……."

단숨에 틈이 벌어지고, 아래에서부터 솟구친 주먹이 턱을 갈겼다. 사내는 일순 뇌진탕 현상에 처한 것인지 동공이 흔들렸다.

그리고 놈의 무릎이 허무하게 바닥에 닿는 순간.

"달라지는 건 없어."

머리를 붙잡은 용찬이 안면을 강타하기 시작했다.

털썩.

마지막 한 명이 쓰러지는 것으로 통로에서의 전투는 마무리됐다.

"하아, 하아. 플레이어 놈들. 아직 더 있는 거지?"

"누님, 갑자기 왜 그러세요. 평소보다 엄청 흥분하신 것 같은데 좀 진정하세요."

"진정하게 생겼어? 이 자식들은!"

검을 채 갈무리하지도 않은 루시엔이 격분을 토해냈다. 비록 직접적인 원한의 대상은 아니었지만 그래도 동일한 플레이어였다. 오직 복수를 위해 힘을 길러온 그녀로선 나름의 기회가 아닐 수 없을 것이다.

하나, 벌써 고삐 풀린 망아지처럼 행동하면 곤란했다.

"누가 멋대로 지시를 어기고 달려들라고 했지?"

"애초에 그런 지시도 안 했잖아!"

"훈련 당시 몇 번이나 지적한 말은 벌써 잊은 모양이군."

"웃기지……!"

말이 끝나기도 전에, 용찬이 루시엔의 안면을 걷어찼다. 욱한 심정으로 대들던 그녀는 바닥을 나뒹굴며 뒤늦게 자리에서 일어났다.

"놈들은 아직도 많다. 상대할 기회는 충분히 있지. 하지만 그에 앞서 지금 넌 바쿤의 정식 용병이다. 내 지시 없이 함부로 행동하지 마라."

"……."

"쿨단, 바닥에 떨어진 아이템과 장비들을 챙겨라. 곧바로 이동한다."

중립 미션 특성상 사망한 플레이어는 일정 확률로 아이템과 장비를 떨구었다. 쿨단은 고개를 끄덕이며 곳곳에 떨어진 전리품을 챙기기 시작했고, 루시엔은 묵묵히 헥토르와 함께 용찬의 뒤를 따랐다.

그리고 또다시 이어진 플레이어들과의 전투. 용찬은 본격적으로 남아 있던 적들을 정리하기 시작했고, 정확한 지시 속에서 병사들의 경험은 계속 쌓여갔다.

"큭. 이것만큼은 안 쓰려 했는데!"

"최면 주문서로군. 사정거리에만 안 닿으면 아무짝에도 쓸모가 없지. 다들 거리를 벌려라."

"우후후후. 이게 얼마짜리인 줄 모르지. 직접 효과를 맛보고 나……."

"연쇄 낙뢰 사슬 주문서. 살아 있는 생명체를 목표로 삼아 점차 주위로 사슬이 퍼져 나가는 구속형 효과를 가지고 있지. 쿨단, 네가 직접 가서 처리해라."

물론 간간히 주문서를 통해 빈틈을 노리기도 했지만 적절한 대처법을 통해 돌파해 나갔다. 그렇게 주변 페이튼 플레이

어를 모두 처리하자 용찬은 근처에 있는 히든 피스들을 찾아
내기 시작했다.

[상인이 두고 간 골드 주머니를 획득했습니다.]
[가시 박힌 커틀러스를 획득했습니다.]
[공용 스킬북을 획득했습니다.]

화장실, 구석진 벽 틈, 텅 빈 사무실 등 곳곳을 뒤져 나온
아이템 및 장비들. 일부는 위치가 바뀌긴 했지만 다행히 건질
수 있는 것은 모두 건진 상태였다.

"그 외 포션과 동전 정도인가."

손가락으로 황금색 동전을 튕겨내던 용찬은 나름 만족스러
운 표정으로 인벤토리를 정리했다. 그러자 뒤에 있던 쿨단이
자신이 들고 있던 아이템을 하나씩 건네기 시작했고, 헥토르
는 멍하니 그 모습을 바라보았다.

"와. 마왕님은 어떻게 죄다 알고 계신 걸까요?"

"……나한테 묻지 마. 또 그 잘난 플레이어들의 아이템을 써
서 어떻게든 알아낸 거겠지."

플레이어의 고유 기능은 물론 미션 자체까지 들어온 용찬이
다. 펠드릭과의 대면에서 어느 정도 의혹이 걷히긴 했지만 재
차 의심은 해볼 만한 상황이었다.

하나, 아까 전 폭주 이후로 심기가 불편해져 있던 루시엔은 깊게 파고들지 않고 대충 넘겨짚어 버렸다.

'일단 쓸 만한 것은 다 건졌어. 게다가 얻은 것은 이것들뿐만 아니지.'

환승역에서 연달아 전투를 벌인 결과 병사들도 나름 성과가 있었다.

[헥토르가 '매직 샷' 스킬을 터득했습니다.]
[쿨단이 '도발' 스킬을 터득했습니다.]
[루시엔의 힘 능력치가 1 상승했습니다.]

하멜의 NPC들은 스킬북 외에도 직접 스킬을 깨우치는 경우가 있다. 이번 또한 그 경우에 속했고 병사들은 스킬은 물론 능력치까지 어느 정도 성장하며 성장을 드러냈다.

'특히 마력 흡수 스킬을 가진 헥토르에게 매직 샷은 가장 안성맞춤인 스킬이지. 저번 훈련에서 E급 네임드로 성장까지 했으니 활용 가치는 더욱 높아질 거야.'

예상보단 느리지만 차근차근 전력이 강화되고 있었다.

용찬은 정리를 마치고 병사들과 함께 철로로 돌아왔다.

"어라. 저거 서로 부딪힌 것 같은데 가만히 놔둬도 괜찮으려나요?"

"상관없다. 어차피 곧 사라질 테니까."

"그래도 계속 불타오르는 것 같은데."

헥토르가 불안해하자 곁에 있던 쿨단도 턱을 달그락거리며 몸을 떨었다. 그리고 잠시 불타는 열차 앞에서 대기하자 변화가 일어나기 시작했다.

[다인 진영 열차가 시동 불능 상태가 되어 제거됩니다.]

[페이튼 진영 열차가 시동 불능 상태가 되어 제거됩니다.]

단숨에 가루가 되어 흩날리는 두 개의 열차. 마치 처음부터 없었다는 듯이 열차가 사라지자 뒤이어 끝 쪽 철로에서부터 불빛이 번쩍거렸다.

"어어. 아까 사라졌던 거랑 비슷한 게 들어오고 있어요, 마왕님!"

"열차라고 하는 거다."

"열…… 차?"

"그래. 정확히는."

이전 모델과 다른 열차가 철로를 타고 진입했다.

용찬은 최신식으로 설계된 외양을 보며 입가를 올렸다.

"숨겨진 역으로 향하는 열차지."

휴먼 메트로의 숨겨진 열차. 일명 히든 피스라고 불리는 홀름 트레인은 특정 조건이 갖춰질 때 나타난다.

첫 번째, 환승역 적 진영 플레이어를 모두 처리할 것.

두 번째, 환승역에서 두 시간 이상 기다릴 것.

어떻게 보면 매우 간단한 조건이지만 대부분은 알지 못하는 사실이다. 특히나 이 히든 피스가 알려진 것은 리셋 전 세계에서도 클리어 후였으니 더더욱 모를 수밖에 없었다.

'물론 회귀한 나와 그놈은 다르겠지만.'

각 환승역마다 열차는 다르지만 목적지는 같다.

만약 태현이 합류했다면 타이탄 길드도 홀름 트레인을 탔을 가능성이 컸다. 게다가 쿤다 진영은 아무런 위협 요소 없이 환승역에 도착했을 것이니 그쪽 또한 무시할 수 없었다.

"쿨단 님, 이거 어떻게 움직이는 걸까요. 대박 신기하지 않아요?"

달그락. 달그락.

"……이런 게 실제로 존재한다니."

현대 문물을 처음 접해본 병사들은 신기해하며 열차를 둘러보기 바빴다. 그사이, 용찬은 인벤토리에 있던 아이템들과 장비를 살피다 이내 공용 스킬북을 꺼냈다.

'병사들의 전력 강화도 중요하지만 우선 내 등급을 D급으로 만들 필요가 있어.'

여태껏 부족한 능력치를 장비와 스킬로 보완했지만 계속 E급에만 머무를 수도 없는 입장이었다.

[공용 스킬북을 사용했습니다.]

[무작위로 '차지 어택' 스킬이 지급됩니다.]

'이런, 빌어먹을. 그 많은 공용 스킬 중 하필 이거라니.'

직접 루시엔에게 지도까지 해주었던 스킬이다. 기력을 소모해 순간적으로 강한 위력을 발휘하지만 리스크도 컸다.

[골드 주머니에서 2,500골드를 획득했습니다.]

[마력 능력치가 1 상승했습니다.]

[민첩 능력치가 1 상승했습니다.]

연달아 능력치 스톤, 획득 아이템 등을 사용하자 대충 정리는 끝났다. 이제 남은 것은 일부 장비뿐. 그중에선 플레이어를 처리해 얻은 것도 있었지만 눈에 꽂히는 것은 세 개 정도였다.

[신속의 장화]

[절망의 투구]

[펜틀럼의 가죽 셔츠]

'그래도 매직급 장비 세 개면 괜찮은 편이야.'

신속의 장화는 민첩 능력치와 일시적인 이동속도 상승, 절망의 투구는 물리 저항력 및 마법 저항력 상승, 그리고 펜틀럼의 가죽 셔츠는 상태 이상 저항력과 공격 속도에 영향을 주었다.

'신속의 장화가 좀 애매하긴 하지만 신속화를 가진 루시엔이나 대쉬 스킬을 가진 나보단 헥토르에게 주는 게 낫겠지.'

용찬은 새로운 장비들을 위안 삼으며 병사들에게 나눠 주었다.

"오오. 이 장화 엄청 가벼운데요?"

"잠시만. 지금 나보고 플레이어들이 입고 있던 장비를 쓰란 거야?"

"원한을 갚고 싶다면 수단과 방법을 가리지 마라."

"뭐?"

서서히 열차가 역으로 진입한다.

용찬은 자리에서 일어나 손에 쥐고 있던 로브를 던졌다.

"어떤 방식이든 강해져서 복수하면 그만이란 소리다. 내 말을 잊은 거냐."

"……"

문득 펠드릭과 대면했던 당시 그가 했던 말이 떠올랐다.

루시엔은 별달리 반박할 말을 찾지 못했는지 묵묵히 가죽 셔츠만 내려다봤다.

그사이, 열차가 멈추고 목적지에 도착했다.

"다시 한번 충고하지만 내 방식이 마음에 안 들면 따라오지 않으면 그만이다. 내가 약속할 수 있는 것은 오직 강해지는 것뿐. 선택은 네가 알아서 해라."

후드를 눌러쓴 용찬이 먼저 바깥으로 나갔다.

남겨진 것은 바쿤의 병사들뿐. 쿨단은 일 초의 망설임도 없이 그를 따라나섰고 헥토르도 잠시 루시엔을 보다 이내 열차를 빠져나갔다. 그리고 홀로 남겨진 루시엔은 고개를 떨군 채 입술을 깨물었다.

"……웃기지 마. 내가 여기까지 와서 포기할 것 같아?"

용찬의 말대로 강해질 수만 있다면 무엇이든 상관없었다.

숲에서 빠져나올 때부터 그렇게 마음먹지 않았던가.

'그래. 확실히 이것저것 가릴 때가 아냐. 강해질 수 있다면 무엇이든 이용해야 돼. 그것이 마왕일지라도!'

초심을 되찾은 루시엔은 즉시 펜틀럼의 가죽 셔츠로 갈아입었다. 그리고 로브를 걸치며 잽싸게 용찬을 따라갔다.

[숨겨진 데카미아 역에 도착했습니다.]
[발견자:43명]

어두컴컴한 승강장으로 불빛이 드리운다.

현대식 문물과 어울리지 않는 횃불들이다. 일부 구조만 제외하면 다른 역과 별반 다른 게 없었지만 그렇게 생각하면 큰 오산이었다.

'여기를 올라가면 본격적인 시작이다.'

대합실로 향하는 계단 앞에 선 용찬은 숨을 깊게 들이마시었다. 이제 다른 플레이어들은 물론 타이탄 길드와 직접 마주치게 될 예정이다.

'그나마 하멜의 필수품이 후드 로브라서 다행이긴 한데.'

환승역에서 얻었던 수십 벌의 후드 로브. 플레이어라면 누구나 정체를 숨기기 위해 가지고 다니는 옷이었다.

지금도 자신을 포함해 병사들 모두 로브를 걸치고 있었지만 불안 요소는 존재했다.

"간단히 설명해 주마. 이곳을 오르게 되면 다른 플레이어들과 함께 다니게 될 거다. 즉, 미션 동안 진영에 상관없이 파티처럼 미션을 함께 진행한다는 뜻이지. 이해했나?"

"이런 정보는 도대체 어떻게 알아낸 건데요?"

진정이 좀 된 것인지 루시엔이 미션에 대한 부분을 캐물었다. 평소와 달리 곧바로 존대가 나와 의외이긴 했지만 어차피 예상했던 전개다.

"내가 놈들의 아이템만 얻고 다녔을 것 같나?"

"그러면……."

"정보 또한 마찬가지다."

항상 인간과 마족들은 서로를 경계하고 증오해 왔다.

마왕성이 세워진 목적도 플레이어들을 막기 위해서였고, 그것은 지금도 다르지 않았다.

오로지 두 번째 목표의 희생양이 되지 않기 위해. 마왕들은 어떻게든 힘을 기르고 놈들에 대해 자세히 알아야 했다.

"마왕 간의 경쟁 이전에 우리의 진정한 적은 놈들이지. 지금 이곳에 온 것도 그런 놈들에 대해 알아내고 놈들이 노리는 것을 먼저 차지하기 위해서다. 물론, 겸사겸사 놈들의 전력을 약화시키는 것도 있지만 그건 일부라고 봐야겠지."

"……확실히."

"여기서 너희들이 명심해야 할 점은 두 가지다. 첫째, 절대 정체를 드러내지 말 것. 둘째, 최대한 평범한 플레이어 파티처럼 연기할 것. 만약 여기서 실수로 일이 틀어져 버리면 어떻게 될지는 말하지 않아도 알겠지?"

이쯤 되자 플레이어에 대해 거부감을 느끼던 루시엔도 천천히 고개를 끄덕거렸다. 곁에 있던 두 명 또한 플레이어들에게 협공당할 수도 있다고 생각했는지 긴장감이 흘렀다.

"대화는 내가 주도할 테니 걱정 말고 따라와라."

설명을 마친 용찬은 그들을 데리고 대합실로 올라왔다.

가장 먼저 보이는 것은 타이탄 길드의 플레이어들. 그들은 새로운 자의 등장에 시선을 모았고, 용찬은 당황하며 즉시 경계 태세를 갖추었다.

"이제 스무 명째인가."

"아니, 뒤에 있는 놈들까지 치면 스물셋. 숫자로는 우리보다 많아."

"쿤다 진영은 그렇다 치고 다른 진영에서 히든 피스를 발견하다니 의외인데?"

그들의 시선이 맞은편의 플레이어들에게로 향한다.

문신을 보아하니 진영 간의 충돌이 없던 쿤다 진영이었다.

"……플레이어 놈들."

그리도 깊게 맺힌 원한인 것일까. 뒤에서 중얼거리던 루시엔마저 눈을 부릅뜨고 놈들을 노려보기 시작했다. 그 모습에 곁에 있던 쿨단과 헥토르는 겁에 질려 몸을 떨었다.

하나, 다행히 우려하던 상황은 벌어지지 않았다.

"죄송하지만 그 동료분 좀 진정시켜 주시지 않겠습니까. 어차피 여기선 저희끼리 대립이 불가능합니다."

"그게 무슨 뜻입니까?"

"서로 공격 자체가 불가능하다는 소리죠. 정 안 믿기시면 실험해 보셔도 좋습니다. 저희가 이유 없이 가만히 대기만 하고 있는 건 아니라서 말이죠."

입구에서도 봤던 동현이 친절히 주문서까지 던져주며 손짓했다. 자신을 통해 실험해 보라는 뜻이다.

용찬은 화염구 주문서를 보며 고민하다 이내 주문서를 찢었다.

[대상이 적절하지 않습니다.]

마력을 잃고 가루가 되어 사라지는 주문서. 용찬은 당황스러워하며 주위를 둘러봤지만 눈이 마주친 자들은 그저 어깨만 으쓱거렸다.

"이, 이것도 미션의 일부입니까?"

"저희도 자세히 아는 것은 아닙니다만. 대충 저희가 함께할 것 같은 느낌은 나는군요."

"……알겠습니다."

용찬은 루시엔의 손을 붙잡으며 귓가에 속삭였다.

"진정해. 아까 전 설명은 벌써 잊은 거냐."

"……."

"어차피 지금 우리는 놈들과 같은 발견자로 등록된 상태야. 최대한 분노를 억제하고 묵묵히 나만 따라다녀."

"……알겠으니까 그만 떨어져요."

정신을 차린 것인지 루시엔이 고개를 푹 숙이며 뒤로 물러났다. 그렇게 상태가 소강되자 리더로 보이던 동현이 후드를 벗으며 다가왔다.

"그리 경계하지 않으셔도 됩니다. 일단 쿤다 진영 분들과도 얘기가 끝났고 실제로 주문서를 통해 입증까지 됐지 않습니까. 편하게 있으셔도 됩니다."

"그렇긴 하지만 당황스러운 것은 여전하군요."

"으음, 혹시 어떤 진영이십니까?"

"저희는 다인 진영입니다. 페이튼 놈들과의 충돌에서 몸을 피하다 우연히 이곳으로 오게 됐죠."

용찬이 문신을 보여주자 동현이 고개를 끄덕거렸다. 그리고 잠시 일행을 둘러보더니 이내 히든 피스에 대한 협조를 부탁해 왔다.

"협조라면 어차피 하게 될 수밖에 없지 않습니까."

"혹시라도 모릅니다. 뒤늦게 가서 갑자기 공격 제한이 풀려 버린다면 과연 저들이 어떻게 할 거라고 생각하십니까?"

"화, 확실히 그렇군요."

"그러니 저희를 방해만 하지 않으신다면 최소한 안전은 약속해 드리겠습니다."

동현이 조심히 로브 사이로 골드 주머니를 꺼내 건넨다. 혹시 모를 상황에 대비해 일부라도 포섭하겠다는 의미다.

'난장판이 됐을 때 최소한 걸림돌이 되는 것은 치워놓겠다 이거군. 뻔한 속셈이지만 넘어가 주지.'

자연스럽게 동화되어 조용히 기회를 노란다.

그걸 위해선 이 정도 장단쯤은 맞춰 줄 의사가 있었다.

그렇게 용찬은 골드 주머니를 받았고, 동현은 만족스러워하며 본래 자리로 돌아갔다.

[대기 시간이 마감됐습니다.]

[숨겨진 역의 퀘스트가 발생합니다!]

중앙 기둥에 걸려 있던 시계 속 초침이 멈춘다. 오랜 기다림 끝에 드디어 숨겨진 비밀이 드러났다. 대합실 내부를 돌아다니던 플레이어들은 발걸음을 멈추고 메시지를 확인했다.

[차원의 균열을 돌파하라.]

[등급:C]

[설명:오래전, 흑마법사 라이몬드가 실험에 실패해 차원 간의 균열이 발생했다. 그 사건으로 인해 데카미아 역은 폐쇄됐고 차원의 균열은 여러 차원에서 괴물들을 불러오기 시작했다. 더 이상 균열이 불어나기 전에 최대한 빨리 막아야 한다.]

[목표:균열의 지배자 0/1]

[보상:?]

난이도부터 무지막지한 퀘스트. 대강 설명만 읽어봐도 보통 수준이 아니란 것을 알 수 있었다.

"저기 봐. 포탈이 열렸어."

"저게 차원의 균열인가."

"이거 거부도 안 되는 퀘스트잖아. 우선 저기로 들어가 봐야 될 것 같은데?"

강제 퀘스트인 것은 물론 미션 도중 메신저 기능도 불가능했다. 달리 선택의 여지가 없던 플레이어들은 오픈된 포탈로 차례차례 들어가기 시작했다.

[첫 번째 균열로 입장했습니다.]

[거대 쥐들이 몰려옵니다.]

순식간에 뒤바뀐 풍경. 마치 현대 세계의 부엌처럼 생긴 공간은 누가 봐도 익숙한 구조였다.

다만 문제라면……

"뭐, 뭐야. 식탁이 뭐 저리 커!"

"아냐. 우리가 작아진 거야. 이 엿 같은 부엌이 크게 보이는 거라고!"

"꺄아아악. 저기 쥐예요, 쥐!"

모든 것이 크게 보인다는 것이었다. 플레이어들은 순식간에 혼란에 빠졌고, 엎친 데 덮친 격으로 나타난 쥐들의 모습에 경악했다.

거대 쥐들의 등급은 D급. 당장 눈에 보이는 것만 해도 얼추 열 마리는 넘어갔다.

"버프부터 주시기 바랍니다. 탱커분들은 즉시 선두로. 원거리 계열 분들은 저와 함께 뒤로 물러납시다."

가장 먼저 나선 것은 동혁이었다. 타이탄 길드원들은 그를 중심으로 행동에 나섰고, 곧이어 거대 쥐들과 충돌했다.

"찍찍!"

"큭. 이놈들, 힘 능력치가 상당합니다!"

"우선적 탱커에게 달라붙은 놈들을 표적으로 삼으십시오!"

탱커들이 조금씩 밀리기 시작한다. 거대 쥐들은 붉은 두 눈을 빛내며 더욱 날뛰었다. 그렇게 본격적으로 전투가 벌어지자 혼란에 빠져 있던 자들도 합류하기 시작했다.

'직접 본 적은 없지만 통솔력도 꽤 괜찮군. 이대로라면 첫 번째 균열은 무리가 없겠어. 다만 문제는……'

후방으로 빠져 있던 용찬은 슬그머니 타이탄 길드원들을 훑어봤다. 깊게 눌러쓴 후드로 인해 도저히 인상착의를 알 수 없는 상황. 그나마 선두에 있던 방패병들은 자연스레 후드가 벗겨졌지만 나머지는 아니었다.

'회귀 이후 다른 클래스로 바꿨을 가능성도 있긴 하지만 일단 저쪽은 아니겠지. 그렇다면 역시 본래 클래스인가.'

물론 아예 이곳에 없을 가능성도 있었다.

도저히 감을 잡을 수 없던 용찬은 병사들에게 지시를 내려놓고 좌측으로 고개를 돌렸다.

'아직 섣부른 판단을 하긴 일러. 우선 다인 진영이란 것을 밝혔으니 적당히 전투부터 치른다.'

양팔로 피어오르는 뇌격.

다행히 리셋 이전 태현은 제단장의 장갑에 대해 몰랐다.

용찬은 병사들과 함께 홀로 다니던 거대 쥐를 상대했고, 전투는 서서히 플레이어들 쪽으로 전세가 기울어졌다.

콰콰콰쾅!

마침내 동현의 특유 광역 마법들이 쏟아졌다. 탱커들에게로 몰려 있던 거대 쥐들은 순식간에 큰 타격을 입었고, 플레이어들은 재깍 마무리에 접어들었다.

"찌이이익!"

"좋아. 우선 튀어나온 놈들은 이놈이 마지막이야."

"하아. 이제야 한숨 돌리겠네."

마지막 거대 쥐가 쓰러지자 탱커들이 털썩 주저앉았다.

결과는 대승리. 일부 부상자들이 있긴 했지만 동현이 재빨리 나선 덕분에 다행히 사망자는 없었다.

플레이어들은 연달아 몬스터가 나오지 않자 각자 휴식을 취했고, 용찬 또한 자리를 옮겨 병사들과 숨을 돌렸다.

"마, 마왕님. 저희 언제까지 이러고 있어야 해요?"

"마지막 균열을 클리어할 때까지다. 그때까진 주문서도 통하지 않으니 적당히 전투만 벌여라."

"으으. 알겠…… 엇. 마왕님, 한 명이 이리로 오는 것 같은데요?"

헥토르가 몹시 놀라며 곁눈질한다. 병사들은 즉시 고개를 숙였고, 용찬의 앞으로 플레이어 한 명이 다가왔다.

"아까 보니까 무투가로 보이시던데. 혹시 맞나 해서요."

서서히 돌아가는 고개. 시간이 멈춘 듯 고요해진 분위기 속에서 서로의 시선이 마주쳤다.

두근두근! 요동치던 심장이 차갑게 멎어간다.

결코 잊을 수 없는 익숙한 목소리, 천천히 후드를 벗으며 드러나는 환한 인상.

"아, 제 소개가 늦었군요. 전……."

유독 가느다란 실눈이 돋보이던 그는.

"유태현이라고 합니다."

마치 예전 그때처럼 나긋한 미소로 악수를 건네왔다.

그리고.

"아, 반갑습니다. 전 이상훈이라고 합니다."

마왕이 그 손을 맞잡았다.

∗

회귀 전, 진영이 최초로 단합되어 절망의 대지로 넘어가던 시절. 플레이어들은 길고 긴 경쟁과 끝없이 이어지는 하멜 속 생활에 지친 상태였다.

감정의 골이 깊어져 있던 진영들은 간신히 대규모 길드의 압박 속에서 연합이 이루어졌고, 출정식 당일 날도 경계 가득한 시선은 서로를 향해 있었다.

'쓰레기 같은 쿤다 놈들. 마음 같아선 당장에라도 달려들고 싶어.'

'페이튼 자식들. 저번에 폰버츠를 건드렸다가 애꿎은 14번째 도시만 날아갔다지?'

'저 여자야. 경환이를 죽였던 다인 진영 랭커!'

첫날부터 연합은 크게 흔들렸다. 주둔지를 중심으로 크고 작게 다툼이 벌어지기도 했고, 심지어 복수와 원한을 갚기 위한 악질적인 보복도 잦아졌다. 이러한 상황에 지휘를 맡게 된 랭커들은 매일 회의를 했지만 달라지는 것은 없었다.

그러던 어느 날, 뒤늦게 합류한 타이란트 길드가 주둔지로 모습을 드러냈다.

'타이란트 길드를 맡고 있는 유태현입니다. 아직까지 연합이 별다른 진전이 없으시다고 하셨는데 이제부터 저에게 맡겨주시죠.'

뜬금없이 총지휘권을 요구해 온 한 청년. 진영 내에서부터 하이 랭커로 인정받던 태현이었지만 각 진영은 거절했다. 그렇게 연합 내 상황은 본래 자리로 돌아가는 듯싶었지만, 변화가 일어났다.

'계속 이렇게 서로 으르렁거리기만 해선 답이 없을 것 같군요. 저희끼리만이라도 우선 움직여 보겠습니다.'

갑작스레 연합을 이탈한 타이란트 길드가 마왕성으로 향한 것이다. 플레이어들은 비웃었지만, 며칠 후 마왕의 수급을 취해 온 그들의 모습에 상황은 반전됐다. 그날 이후로 본격적인 마왕 토벌이 시작됐고, 태현은 매번 선두에 서서 각 진영을 이끌었다.

고착화되는 전쟁. 장기적인 마족들과의 격전 속에서 플레이어들은 희망을 바랐고, 그 희망은 곧 태현이 됐다.

하이 랭커들의 마음마저 조금씩 기울어질 때쯤······.

'무투가는 그리 흔치 않은 직업으로 알고 있는데 하이 랭커까지 도달하시다니. 대단하시군요.'

'······.'

'아, 제 소개가 늦었군요. 전 유태현이라고 합니다.'

놈을 만났다.

[매직 샷이 발동됩니다.]

순간 회상에 빠졌던 것일까.

정신을 차리자 백색 탈을 쓴 광인이 화살에 맞아 쓰러지고 있었다. 용찬은 푸른 아지랑이가 맺힌 화살을 보며 현실로 돌아왔다.

'세 번째 균열이었던가. 이럴 때가 아닌데 나도 참 한심스럽군.'

자연스레 뇌격을 끌어 올렸지만 단 한 명의 시선이 방해가 됐다.

타이탄 길드원 사이로 보이는 청년. 자신을 태현이라 소개한 그는 눈이 마주치자 싱긋 웃어 보였다.

'한데, 저한테는 어쩐 일로?'

'아, 다른 게 아니고 개인적으로 흥미가 생겨서 말이죠. 무투가 자체가 그리 흔한 직업도 아니고 문득 제가 아는 사람 생각도 나서 이렇게 인사드렸습니다.'

'확실히 이 직업이 흔하지는 않죠. 그나저나 저 말고 다른 무투가 분을 알고 계시다니. 같은 직업으로서 언제고 한번 만나보고

싶네요.'

'아하하. 그 친구랑 진영도 다른 데다가 얼굴도 본 지 꽤 오래돼서 가능할진 모르겠네요.'

첫 번째 균열 당시 접근해 왔던 태현이다. 표식을 통해 다인 진영을 인식시켜 줬지만 안심할 순 없었다.

'눈치가 빨라서 자세만 봐도 유사하다는 걸 알아차리겠지.'

몸에 밴 습관을 지운다는 것은 여간 힘든 일이 아니다.

헨드릭이 된 이후 이 몸으로 할 수 있는 동작은 한계가 정해져 있었다.

[도발이 발동됩니다.]

[차지 어택이 발동됩니다.]

[신속화(공용)이 발동됩니다.]

마침 주위로 광인 두 마리가 접근해 왔다.

세 번째 균열에서 등장하는 인간형 몬스터. 백색 탈을 쓴 놈들은 손에 쥔 도끼로 병사들을 위협했지만, 이전과 달리 병사들은 성장해 있었다.

'새로 생긴 스킬도 그렇고 능력치가 조금이라도 오른 덕분이겠지. 이 정도면 의심은 안 당하겠어.'

가끔 쿨단의 후드가 벗겨질 때도 있었지만 투구 덕분에 우려하던 상황은 벌어지지 않았다. 용찬도 최대한 스킬에 의지하며 전투를 벌였고, 세 번째 균열도 슬슬 클리어되는 분위기였다.

그렇게 마지막 남은 광인에게로 주먹을 내지르던 순간.

파지지직.

'무슨!'

온몸이 감전된 채 날아가는 광인. 예상보다 강력한 위력에 용찬은 당황하며 자신의 손을 내려다봤다.

하지만 차지 어택의 이펙트가 사라진 주먹은 아무 일도 없었다는 듯 본래 상태로 돌아와 있었다.

'방금 분명 차지 어택에 뇌격이 깃들었던 것 같은데.'

직접 광인의 시체를 확인한 용찬은 의문 담긴 표정으로 뒤돌아섰다.

"바, 방금 그 기술은 대체?"

"호들갑 떨지 마라. 우연이었을 뿐이니."

용찬은 당황한 루시엔을 내버려 두고 먼저 플레이어들에게로 돌아갔다. 홀로 남겨진 루시엔은 입술을 삐쭉 내민 채 그를 노려보다 이내 바닥의 시체를 내려다봤다.

"내가 잘못 본 거였나?"

아무런 반응 없이 축 늘어진 시체. 고개를 갸웃거리던 루시엔은 뒤늦게 용찬 쪽으로 합류했다.

그리고 플레이어들이 모두 네 번째 균열로 진입할 즈음.

파지지직.

남겨진 시체가 전류로 꿈틀거리고 있었다.

히든 퀘스트 속 차원의 균열은 총 8개. 각각 다른 세계로 통하는 통로이며 플레이어들이 거쳐야 할 관문이기도 하다.

그리고 태현이 노리는 것은 바로 7번째 균열에 감춰진 조건. 마침 여섯 번째 균열이 클리어된 가운데, 그것을 가로채기 위해선 따로 방법을 찾아야만 했다.

'정체가 드러날 각오를 하고 조건을 노리거나 아니면 다른 방법을 통해 역으로 조건을 노려야 할 테지.'

전자인 경우 마왕인 것을 떠나 태현에게 의심을 사기 충분하다. 반대로 후자인 경우 아무런 탈 없이 조건을 완수할 수 있지만 특별한 수단이 필요했다.

[마왕성 병사 소환]

[바쿤 등급:E]

[1. 루시엔]

[2. 쿨단]

[3. 헥토르]

'우선 간단한 실험부터.'

용찬은 줄지어 균열로 진입하는 무리를 보며 순서를 기다렸다. 그리고 자신과 병사들의 차례가 왔을 때 재빨리 버튼을 눌렀다.

[헥토르가 역소환됐습니다.]

즉시 마왕성으로 되돌아가는 헥토르.

곁에 있던 쿨단과 루시엔은 화들짝 놀라며 당황해했다.

그리고 뒤늦게 헥토르가 다시 제자리에 나타나자 두 명은 어안이 벙벙해졌다.

"어어? 아, 아까 전까지만 해도…… 어라?"

"진정해라. 잠시 시험해 본 거니까."

"가, 갑자기 그레고리 님이 나타나서 깜짝 놀랐어요."

"처음 소환했을 때랑 같은 아이템을 사용했을 뿐이다. 우선 들어가라."

당황한 병사들을 데리고 들어가자 푸른 하늘이 보였다.

7번째 균열의 필드는 고대 유적지가 자리 잡은 숲속. 미리 진입했던 자들은 바닥의 유적들을 보며 신기해했다.

"이번에는 숲 필드인가. 도대체 균열은 어떻게 되먹은 곳이야."

"여기 유적 좀 봐봐. 고대어로 적혀 있어. 해석도 가능하려나?"

"7번째 균열이면 슬슬 보스가 뜰 때도 되지 않았나."

피로가 누적된 플레이어들은 지친 얼굴로 길을 찾으려 나섰다. 하나, 숲속 가운데에서 방향을 잡기란 쉽지 않았고 뒤늦게 타이탄 길드원들이 유적물을 살피기 시작했다.

[해독이 발동됩니다.]

최소 D급 수준으로 보이는 해독 스킬. 유심히 석판을 들여다보던 마법사의 눈이 이리저리 굴러갔다.

그사이, 멀찍이 떨어져 있던 용찬은 눈앞에 뜬 메시지를 보며 흡족해했다.

[헥토르가 재소환됐습니다.]

[재소환 사용 대기 시간이 60분 남았습니다.]

[역소환 사용 대기 시간이 60분 남았습니다.]

'혹시나 아예 소환이 안 되면 어쩌나 싶었는데, 다행히 낙오됐다는 변명 따위 하지 않아도 되겠어.'

당분간 헥토르는 재소환이 불가능했지만 애초에 원하던 것은 루시엔이다. 미리 한 명을 통해 확인을 끝냈으니 굳이 전자를 택할 필요는 없었다.

용찬은 즉시 로브 속에서 몰래 포션병을 꺼내 미리 사전 작업을 시작했다.

"……어. 영광스러운 잔을 핏빛으로 물들여라? 대충 이런 의미인 것 같은데요?"

"뭐야, 무슨 수수께끼 같은 건가?"

"혹시 이거 숨겨진 길을 찾는 힌트 아냐?"

플레이어들은 제각기 다른 의견을 제시했다. 일부는 히든 피스를 언급하기도 했지만, 정확한 답은 나오지 않았다.

그렇지만.

"흐음."

진실을 알고 있던 유태현만은 느긋이 그 광경을 바라보고 있었다.

퀘스트 속 숨겨진 조건. 놈은 아마 그것을 통해 무언가를 얻어내려 할 것이다.

'계속 그렇게 여유 부리고 있어라. 마지막에 어떻게 될지는 두고 봐야 알 거다.'

당장 끓어오르는 광기와 분노쯤은 완벽한 복수를 위해 참아낼 수 있었다.

그렇게 한참을 고대어로 머리를 굴릴 즈음이었을까.

"끼끼끼끽!"

수풀 사이로 식인 원숭이들이 모습을 드러냈다. 난데없는 몬스터의 습격에 플레이어들은 재빨리 자리를 잡았고, 곧이어 전투가 시작됐다.

"젠장, 얼른 자리부터 잡아!"

"좌우로 몰려옵니다. 방패병 분들은 일렬로 쭉 퍼지세요!"

"최대한 밀쳐내 버려. 후방으로 접근하지 못하게 하라고!"

식인 원숭이의 등급은 D급.

좌우로 밀려오는 압도적인 숫자에 동현은 급히 마력을 끌어모았고, 길드원들은 최대한 시간을 벌었다.

파지지직.

갑작스레 양팔로 뇌격이 스며들었다. 직접 효과를 발동시킨 적 없던 용찬은 당황한 얼굴로 장갑을 내려다봤다.

"이건 또 무슨……."

"뒤쪽이요, 뒤쪽!"

"칫!"

헥토르의 목소리에 뒤를 돌아본 용찬은 급히 원숭이를 밀쳐내며 자세를 잡았다. 그리고 병사들과 함께 맞은편 원숭이들을 맡으며 주위 상황을 살폈다.

'……놈이 보이지 않아. 역시 그곳으로 향한 건가.'

긴박한 교전 속에서 단 한 명만 보이지 않았다.

용찬은 눈을 빛내며 루시엔의 곁으로 이동했다.

"루시엔, 잘 기억해 둬라. 저쪽 길이다."

"갑자기 무슨?"

"대꾸 말고 듣기만 해. 전투가 끝나고 내가 지시하는 즉시 넌 이걸 들고 저 길로 가라. 그리고……"

서서히 동현의 마법이 발하는 가운데 숲 주변으로 땅이 흔들려 왔다. 플레이어 대부분은 단지 폭발의 여파라고 생각했고, 징조란 것을 알아차리진 못하고 있었다.

"헉헉. 이걸로 끝이지?"

"상당히 숫자가 많아 고생했지만 그래도 무사히 이번 균열도 통과군요."

치열한 접전이 끝나고. 식인 원숭이들의 시체 사이로 포탈이 나타났다. 휴식을 취하던 플레이어들은 예상보다 균열이 빠르게 클리어되자 당황했다.

"뭐야. 고작 한 번 전투하고 끝이야?"

"그러면 아까 전 고대어는 뭐야. 그냥 적혀 있던 거야?"

"우선 포탈은 열려 있으니 좀 더 조사해 보……"

끼이이이!

건너편에서부터 괴성이 들려온다.

발걸음을 옮기던 자들은 마른침을 삼키며 뒤돌아섰다.

"아무래도 아직 몬스터들이 남아 있는 것 같군요. 혹시 더 탐사하실 분들이 있다면 말리진 않겠습니다만. 저희는 먼저 이동해 보도록 하겠습니다."

"확실히 위험을 감수하기보단 안전히 퀘스트부터 클리어하는 게 좋겠죠. 혹시 모르잖습니까. 아까 전 힌트가 다음 균열에서 필요한 힌트일지."

동현의 의견에 태현이 동조했고, 타이탄 길드원들이 먼저 포탈을 넘어가기 시작했다. 다른 플레이어들도 뒤따라 다음 균열로 향할 수밖에 없었다.

그리고.

"루시엔, 지금이다."

"……아까 그 지시대로만 하면 된다, 이거죠?"

"그래. 신속화를 쓰고 다녀와라."

마지막 차례이던 용찬이 나무 사이 길목을 가리켰다. 포션병을 건네받은 루시엔은 즉시 신속화를 통해 건너편으로 넘어갔다.

[숨겨진 제단을 발견했습니다.]

이끼가 가득 낀 계단 위로 보이는 커다란 제단. 잡초들이 무성한 파편 사이로 기다란 잔이 하나 보였다.

'그곳으로 가면 제단 위에 놓인 잔이 하나 보일 거다.'

미리 들었던 내용대로였다.

"그 자식, 이런 건 또 어디서 알아낸 거야. 우선 잔에 채워진 것을 버리고 포션으로 다시 잔을 채우라 했지?"

루시엔은 제한 시간을 고려해 재빨리 잔에 채워진 붉은 물을 바닥에 버렸다. 그리고 미리 건네받은 포션으로 다시 잔을 채우자 정면의 석상이 환한 빛을 내뿜었다.

"뭐, 뭐……."

주변 일대가 흔들릴 즈음, 배경이 뒤바뀐다.

"루시엔 님?"

"그, 그레고리잖아? 그러면 여긴……."

익숙한 마왕성 내부가 눈에 들어온다. 그레고리가 다가오던 도중 또다시 주변이 달라졌다.

"잘 처리했겠지?"

"……도대체가."

눈을 뜨자마자 보이는 것은 익숙한 포탈. 루시엔은 혼란스러워했지만 앞에 서 있던 용찬은 그녀 손에 있던 빈 병부터 확인했다.

단 한 방울도 남기지 않고 사라진 액체. 얼추 1분 이내로 이루어진 지시였지만 목표는 가까스로 완수였다.

'이걸로 놈의 첫 번째 목표는 빼앗았다.'

이제 남은 것은 균열의 보스를 처치하는 것.

용찬은 의심받지 않기 위해 재빨리 포탈을 넘어갔고, 이내 광활한 우주가 눈앞에 펼쳐졌다.

[균열의 지배자가 폭주하고 있습니다.]

마지막 차원으로 진입하자마자 전신이 움츠러든다. 우주 속 배경을 구경하던 플레이어들은 정면을 확인했다.

"맙소사, 저 새끼는 또 뭐야."

"딱 봐도 최종 보스 분위기인데요?"

"시스템 메시지만 봐도 목표 속 그놈이야."

전신이 푸른 모래로 이루어진 정체불명의 괴물. 거대한 덩치를 가진 놈은 광폭하게 땅을 짓밟으며 돌아다녔다.

이전 균열과 달리 시작부터 보스를 마주한 플레이어들은 긴장하며 조심히 상황만 살폈다.

"몸은 좀 괜찮으십니까?"

나긋한 태도로 태현이 접근해 왔다. 먼 지척의 지배자를 보고 있던 용찬은 자연스럽게 인상을 구겼다.

"몸은 괜찮은데 힘든 전투가 될 것 같네요."

"최대한 해봐야죠. 보스를 잡기 위해 온 거니까."

"그렇다면 다행일 텐데. 우선 태현 님도 조심하시기 바랍니다."

"뭐, 개인적으로 상훈 씨도 살아남으셨으면 하네요. 그럼."

태현은 가볍게 손을 흔들며 자리로 돌아갔다. 아마 표정에 서부터 느껴지던 여유로움은 회귀 전 경험에서 배어 나온 것일 터다.

그리고 마지막 한마디는.

'이제 슬슬 관심밖의 인물이라 이건가.'

웃음이 나오려 했지만 용찬은 주변을 신경 쓰며 참아냈다.

[균열의 지배자에게 발각됐습니다.]
[균열의 병사들이 소환됩니다.]

마침 광기 들린 두 눈이 이쪽을 향한다.

슬슬 최종 보스전에 돌입해야 할 시간이다.

'이제 끝을 내볼까.'

어느새 모래로 이루어진 작은 병사들이 달려오고 있었다.

-크아아아아!

시작은 대지를 가르는 모래 칼날이었다.

순식간에 진형이 붕괴되자 플레이어들은 혼란스러워했고, 일부는 지배자의 스킬을 피하지 못해 부상을 입었다.

"크윽. 우, 우선 병사들부터 막아야 합니다!"

"우리도 알고 있다고. 젠장!"

"오른쪽에서도 와요. 집중하세요!"

끊임없이 소환되는 모래 병사들. 등급은 고작 E급밖에 안 됐지만 여러 직업을 가진 놈들이 계속 불어나자 상황은 곤란해졌다. 게다가 전투 도중 시전되는 지배자의 스킬은 더욱 전세를 불리하게 만들었는데, 지금도 커다란 벽을 소환해 플레이어들을 향해 던지고 있었다.

"헉. 이쪽으로 와요. 저희 쪽으로도 날아오고 있다구요!"

"말하지 않아도 안다."

미리 차지 어택을 시전하고 있던 용찬은 그대로 주먹을 뻗었다.

[파괴의 반지 효과가 발동됩니다.]

단숨에 격파되는 벽. 주변에 있던 병사들은 허둥지둥 파편을 피해 다녔다.

펑! 퍼엉!

그 사이 길드 쪽은 광역 마법을 통해 위험을 넘긴 것인지 동현의 안색이 창백해 보였다.

"동, 동현 님. 괜찮으십니까?"

"……전 괜찮습니다. 일단 전투에 집중해 주십시오."

길드원들을 물린 그는 지팡이에 의지해 몸을 일으켜 세웠다. 연달아 균열을 지나오며 마법을 시전했으니 마력이 부족할 만도 할 터. 멀리서 지켜보던 용찬은 동현이 슬슬 위험한 상태라는 것을 한눈에 알아챘다.

'그래. 타이탄 길드가 아무리 급상승했다 쳐도 결국 소규모 길드. 저놈을 불러서 부족한 점을 메꿨다 해도 한계는 올 수밖에 없어.'

한때 워 메이지로 이름 날린 랭커가 순식간에 희생양으로 전락했다. 태현의 의도에 순간 기가 찼지만 어떻게 보면 가장 무난한 방법이기도 했다.

하나, 이런 방식을 원한 것이라면 애초에 다른 수단도 준비해 놨을 것이다.

[도발이 발동됩니다.]

쿨단의 붉은 안광에 이끌려 병사 두 마리가 돌진했다.

"좋아. 우측은 내가 맡을게!"

"그럼 전 쿨단 님을 지원할게요!"

루시엔과 헥토르가 손발을 맞춰 움직인다. 연달아 경험을 쌓고 새로운 스킬까지 생기니 전보다 효율적인 전투가 가능했다.

'저쪽은 당장 무리가 없겠고. 나도 슬슬 준비해 둬야겠군.'

하멜 속 보스들은 최소 두 개에서부터 최대 다섯 개까지의 패턴을 가지고 있다.

일명 페이즈라 불리는 패턴의 단계.

[균열의 지배자가 흡수를 발동했습니다.]

마침 균열의 병사들이 빨려들기 시작했다.

지배자는 자신의 병사들을 흡수해 점점 몸을 불렸다.

그리고 뒤늦게 볼을 부풀리며 상체를 기울였다.

쿠구구구!

"이, 이런. 패턴이 바뀌었습니다. 모두……!"

동현이 재깍 두 번째 페이즈를 알아차리고 소리쳤지만 이미 늦은 상황이었다.

[균열의 지배자가 모래 폭풍을 시전합니다.]

필드 전체로 쏟아지는 거친 바람. 따로 피할 곳이 없던 플레이어들은 거대한 소용돌이를 그대로 직면했고, 멀찍이 떨어져 있던 태현과 용찬은 동시에 무언가를 꺼내 들었다.

[거절의 거울 효과가 발동됩니다.]
[수호의 동전 효과가 발동됩니다.]

아수라장이 된 필드 사이로 멀쩡한 두 사람의 신형이 드러난다. 수호의 동전 효과는 일정 시간 동안 자연 재해를 막아 주는 보호막을 치는 것. 보스전을 대비할 용도로 환승역에 숨겨져 있던 히든 피스였다.

'……거절의 거울이라면 지금 저놈의 등급으로는 가질 수 없는 아이템일 텐데.'

병사들을 뒤로 물린 용찬은 천천히 앞으로 걸어나가는 놈을 쳐다봤다. 예상대로 다른 수단을 꺼내 들었지만 아이템의 수준 자체가 남달랐다.

태현은 거울을 통해 모래 폭풍을 반사시키며 지배자에게 접근했다. 그리고 녹색빛 대거를 꺼내 잽싸게 정면으로 파고들었다.

[침묵의 일격이 발동됩니다.]

두 번째 페이즈를 잠재우는 검날.

모래 사이로 움푹 꽂힌 단검은 이내 마력을 발했다.

"저, 저 자식 뭐야. 보스 놈의 스킬을 끊어버렸어!"

"설마 혼자서 놈을 잡을 생각은 아니겠지?"

"광역 스킬을 막아내는 아이템은 그렇다 치고 타이탄 길드에 저런 놈이 있었어? 난 들어본 적도 없다고!"

간신히 목숨을 건진 플레이어들이 일제히 당황한다.

마치 춤을 추듯 현란한 동작으로 보스를 제압하는 태현은 이미 보통 수준을 넘어서 있었다.

'예사롭지 않다는 것은 느끼고 있었지만 이 정도일 줄이야. 도대체 저놈의 정체는 뭐지?'

바닥에 주저앉아 있던 동현은 점차 두려워졌다. 거대 길드와 연관된 태현은 예상을 훨씬 뛰어넘는 자로 보였다.

그사이, 태현은 거대한 주먹을 피해내며 왼손으로 마력을 끌어모았다.

콰앙!

휑하니 뚫려 버린 보스의 중심부.

마침내 지배자의 약점인 코어가 구멍 사이로 드러났다.

'맹독의 대거와 침묵의 일격. 그리고 마력탄까지. 예상보다 빨리 힘을 키워 나가고 있어. 게다가 아예 실력을 드러낼 생각으로 이곳에 왔단 건 역시 거대 길드와 접점이 있다는 의미겠지.'

모두의 이목이 놈에게로 끌려 다들 동전은 보지 못한 눈치였지만 문제는 그것이 아니었다. 용찬은 정확히 코어에 꽂힌 대거를 보며 심각성을 깨달았다.

'아직 부족해. 직접 부딪혀도 승산은 거의 없을 거야. 좀 더 강해져야 돼.'

자신에게 마왕성이 있다면 놈에겐 플레이어들이 있었다.

'……그래도 일단.'

지배자의 몸이 팽창하면서 빛이 쏟아진다. 뒤늦게 시야가 점멸하는 가운데 용찬은 입꼬리를 말아 올렸다.

'하나는 빼앗았다.'

그렇게 숨겨진 퀘스트는 지배자의 죽음을 끝으로 클리어되고 있었다.

[보상의 방으로 이동됐습니다.]

감긴 두 눈을 뜨자 황금으로 도배된 방 안이 보였다.

이것으로 휴먼 메트로 미션은 끝. 보통 플레이어들과 달리 숨겨진 퀘스트를 통해 마무리가 된 상태였다.

"뭐, 뭐야. 여긴 보상 룸이잖아?"

"우리 살아남은 거 맞지. 그런 거지?"

"맞아. 타이탄 길드가 있었어. 혹시 저놈들이 먼저 클리어해서 우리도 덩달아 따라온 게 아닐까?"

기존 루트로 진입했던 자들이 보인다. 미션의 시스템상 남겨진 생존자들까지 모두 이곳으로 이동됐다.

하나, 그것을 아는지 모르는지 뒤늦게 나타난 플레이어들은 그저 멍하니 태현만 바라봤다.

'이번 미션을 통해 각 진영에서 주목받게 되겠군. 그렇게 되면 놈도 편안히 랭커들과 접촉할 수 있을 테지.'

정보를 풀어 거대 길드의 지원까지 받는 이상 거리낄 것은 없을 것이다.

[성과도:C]
[목표 달성량:A]
[클리어 등급:B]

마침 눈앞으로 보물 상자가 나타났다. 평범한 루트로 진입했던 자들은 아무런 보상도 받지 못했고, 히든 피스를 클리어한 자들은 총 세 개의 보물 상자를 획득했다.

그리고 용찬 또한 보상을 확인하며 주위를 둘러봤다.

'그러고 보니 3인조 놈들은 안 온 건가. 놈들의 실력이라면 충분히……'

'나머지 보험을 제물로 바쳐 살아남았을 것이다'라고 생각했지만 반전이 일어났다.

'저 여자는 분명 차혜림이라고 소개했던 드루이드일 텐데.'

웨이브 진 단발머리가 인상적인 E급 플레이어. 어찌 된 것인지 레드 클리프 3인조는 보이지 않고 오히려 보험이던 그녀가 살아남아 있었다.

무언가 잘못됐다는 것을 느낀 용찬은 인상을 구겼다.

'아냐. 이럴 리 없어. 분명 레드 클리프 놈들은 이전 생에서도 살아남아 있었어. 한데 오히려 저 여자만 보인다니?'

환승역에서 버려진 이후 상황은 알지 못한다. 그녀를 보험 삼아 3인조가 클리어했을 거라 예상했던 용찬이었다.

'……설마.'

차혜림은 이전 생에서 들어본 적도 없던 생소한 플레이어.

뒤늦게 그녀에 대한 의혹이 샘솟았지만 이내 용찬은 고개를 저었다.

'그럴 리 없지. 애초에 나와 그놈의 회귀로 생긴 영향일 수도 있어. 게다가 나도 보험으로 놈들에게 접근했었고. 그 여파로 우연히 저 여자만 살아남았을 수도 있어.'

처음부터 작정하고 빠르게 성장해 온 자신과 태현이다.

그 영향으로 인해 일부 미래 정도는 바뀔 가능성도 컸다.

'예를 들면 유석우나 강혁 같은 놈이겠지.'

생각을 마저 정리한 용찬은 눈앞에 뜬 새로운 메시지를 확인한 뒤 고개를 돌렸다.

"우린 이대로 돌아간다."

"휴우. 드디어 끝이구나. 플레이어 놈들에게 걸릴까 봐 심장이 조마조마했어요."

"한 것도 없이 화살만 쏘아놓고는 뭐라는 거야."

피로에 찌들었던 헥토르는 귀환을 매우 달가워했다.

용찬은 마지막으로 태현을 조심히 살피며 그대로 마왕성으로 귀환했다. 그리고 다른 플레이어들도 뒤따라 진영으로 귀환하며 남은 인원은 급격히 줄어들었다.

"……태현 님은 안 돌아가시는 겁니까?"

"아아, 확인할 게 있어서 말이죠. 먼저들 돌아가세요."

태현이 손을 흔들자 잠시 고민하던 동현은 길드원들과 함께 먼저 귀환했다.

이제 남은 인원은 단 두 명. 그중 한 명은 따로 용찬이 유심히 살펴보던 혜림이었다.

"그쪽은 안 가시는 겁니까?"

"아, 저도 확인해 볼 게 있어서요. 신경 쓰지 마세요."

혜림은 허둥지둥 장비와 주문서를 꺼내 들었다. 척 보기에도 미숙한 플레이어가 미공개 아이템을 얻어 급히 확인하려는 모양새다.

하나, 손에 쥔 장비를 보자마자 태현의 태도는 돌변했다.

"꽤나 죽였나 보군요?"

"……."

싸늘해지는 분위기. 살짝 뜬 실눈 사이로 묘한 눈빛이 혜림을 향했다.

"무, 무슨 소리세……."

"굳이 연기하실 필요는 없고. 볼일 다 끝나셨으면 먼저 돌아가 주시겠습니까?"

단도직입적인 부탁에 당황한 기색이 역력하던 혜림의 얼굴이 굳는다. 그녀는 잠시 태현을 노려보다 이내 보조개를 피우며 입술을 두들겼다.

"네 얼굴 기억해 두겠어."

곧바로 사라지는 신형. 그제야 홀로 남겨진 태현은 나지막이 한숨을 내쉬었다.

"너무 일찍 관여해 버린 탓인가. 이젠 별 시답잖은 애들이 더 난리란 말이지."

예상은 하고 있었지만 상당히 걸리는 것이 많았다. 아마 앞으로도 생전 알지 못하던 자들이 계속 기회를 잡고 나타날 것이다. 그렇게 태현은 느긋이 보상 룸에서 대기했고, 시간은 빠르게 흘러갔다.

[보상 룸의 제한 시간이 경과했습니다.]
[곧 진영으로 자동 귀환됩니다.]

점차 굳어지는 안색.

한참을 기다려도 원하던 메시지는 나오지 않았다.

예정대로라면 이미 나오고도 남았을 시간일 터. 무언가 잘못되었단 것을 깨닫고 고개를 돌렸지만 답은 나오지 않았다.

그저.

"……."

싸늘한 두 눈빛이 플레이어들이 사라진 자리를 향하고 있을 뿐, 결코 달라지는 것은 없었다.

◀ 15장 ▶
롱 담

[6번째 수행 과제를 클리어했습니다.]

[보상으로 병사 소환권 2장이 지급됩니다.]

레드 시티 때와 달리 바쿤으로 귀환했을 땐 대략 하루가 지나 있었다.

'프루나 던전 때는 반나절. 그리고 중립 지역 미션 때는 하루라 이건가. 어쩌면 장소마다 시간 흐름이 다를지도 몰라.'

휴먼 메트로에서 보낸 시간은 거의 4일 정도다. 마계와 미션의 시간 차이를 정확히 알아내지 못한 상태에서 이런 점은 무조건 체크해 둬야 했다.

'우선 이 부분은 무척 중요해. 나중에 따로 각 미션마다 시

간을 메모해 둬야겠어.'

득이 될 수도 있지만 잘하면 독이 될 수도 있는 게 시간의 흐름이다.

용찬은 우선 눈앞의 메시지를 치운 뒤, 보상 룸에서 뜬 메시지를 띄웠다.

[휴먼 메트로 미션의 히든 보상이 지급됐습니다.]

오직 차원의 균열 속 숨겨진 조건을 만족해야만 얻을 수 있는 보상. 원래는 태현의 손에 들어갔어야 했지만 결과는 달랐다.

'……어. 영광스러운 잔을 핏빛으로 물들여라? 대충 이런 의미인 것 같은데요?'

일곱 번째 균열에서 해석한 고대어의 의미는 사실 제단 위의 잔이었다. 만약 식인 원숭이들이 뒤늦게 습격해 왔다면 플레이어들은 장소를 찾았을지도 몰랐다.

'물론 놈은 그것마저 방해하고 나섰을 테지만.'

하여튼 전투는 예상보다 빠르게 끝났고 포탈 또한 간단히 열리고 말았다.

'확실히 위험을 감수하기보단 안전히 퀘스트부터 클리어하는 게 좋겠죠. 혹시 모르잖습니까. 아까 전 힌트가 다음 균열에서 필요한 힌트일지.'

미리 전투 도중 제단에 갔다 온 태현은 좀 더 그들을 부추겼고, 실제로 플레이어들은 다음 균열로 넘어가 버렸다.

하나, 용찬은 오히려 그것을 역이용해 포탈로 들어가는 마지막 차례를 틈타 루시엔을 제단으로 보냈다. 잔을 채우는 수단은 일정량의 피가 섞인 액체. 그리고 숨겨진 조건을 만족시켰을 때 발생하는 현상은 지진이었다.

'전투 당시엔 폭발의 여파로 플레이어들을 착각시킬 수 있었겠지만 두 번째는 아니지.'

정확히 잔을 채운 타이밍에 루시엔을 재소환시킬 수 있었던 것도 그런 이유였다.

'놈은 그것도 모르고 제한 시간이 경과될 때까지 보스 룸에서 메시지를 기다리고 있겠지.'

용찬은 흡족한 표정으로 손에 쥔 머플러를 확인했다.

[암살왕의 머플러]

[등급:레어]

[옵션:C급 투명화 스킬(사용 횟수 제한), 민첩 능력치가 영구적으로 2 상승.]

[설명:폰버츠의 전설로 알려진 암살왕의 유품 중 하나다. 길게 이어진 생김새와 달리 편안한 착용감을 준다.]

무려 스킬이 달린 레어급 옵션. 이전 생에서 태현이 애용하던 장비 중 하나다. 놈이 맹독의 대거를 되찾았다고 하지만 암살왕의 머플러와는 비교할 것이 못 됐다.

'이걸로 놈이 되찾아야 할 장비 중 하나는 내 손으로 들어왔다. 아마 이것을 통해 고대 유적지를 공략하려고 했을 테지. 이제 남은 것은 최대한 전력 차이를 줄이는 것.'

문득 떠오르는 태현의 마력탄 스킬. 하멜 속 플레이어라면 직업 구별 없이 누구나 마력을 다루었다.

하지만 안타깝게도 헨드릭은 마법 자체에 재능이 없었고, 능력치와 관계없이 마력을 다루는 게 불가능했다.

"쯧. 마력을 통해 배울 스킬도 꽤 될 텐데."

"마왕님, 우선 병사분들은 각자 방으로 돌아가 휴식을 취하고 있습니다. 여유가 되신다면 출발 전 지시하셨던 것에 대해 보고를 올려도 되겠습니까?"

"마침 확인이 끝난 참이다. 편하게 하도록 해."

곧이어 방으로 들어온 그레고리가 보고를 시작했다.

우선적으로 오크의 가죽을 통해 제작하려 했던 병사들의 장비는 막 작업에 착수했다고 알려왔다.

그리고 마왕성으로 침입했던 오크들의 출몰지 같은 경우.

"몰래 정보 길드로 접근해 알아봤지만 최근 이 근방의 던전들은 정보가 들어오지 않았다고 합니다."

별다른 소득은 없어 보였다. 절망의 대지 최남단 부근 같은 경우 정보 입수가 힘들기도 했고, 일일이 던전들을 파악하는 것도 어려우니 그럴 만도 했다.

그 외 나머지 보고는 가문의 지원이었는데, 무려 1년 만에 다시 받게 된 골드와 젬이라고 전해왔다.

"첫 지원과 비교하면 턱없이 부족하지만 지금은 이 정도만 해도 충분할 것으로 사료됩니다."

"따로 통신한 것은?"

"차후 가문의 치료술사를 한 명 파견해 준다고 합니다. 매번 도시에서 포션을 사 올 수도 없는 노릇이니 저희로선 거절할 이유가 없을 것 같습니다."

"확실히 불필요한 소비는 줄이는 게 좋겠지. 우선 오크들 같은 경우는 나중에 내가 직접 알아보도록 하마. 넌 계속해서 마왕성 업무를 맡아라."

그레고리가 정중히 고개를 숙였다.

여태껏 바쿤을 맡아온 유능한 집사인 만큼 업무 관련으로는 매우 믿음직스러웠다. 그렇게 점점 발전할 밑바탕이 그려지자 용찬은 머플러를 두르며 새로운 수행 과제를 확인했다.

[7. 내부 확장 및 외부 확장을 통해 마왕성의 규모를 늘리십시오.]

마침내 바쿤 자체를 발전시킬 시간이었다.

용찬은 재각 마왕성의 정보창을 켰다.

[마왕성:바쿤]

[등급:티]

[동맹:무]

[용병:루시엔]

[위치:절망의 대지 최남단]

[재정:13,540골드]

[수입원:지하 젬 광산(1)]

[병력:티]

[방어력:티]

'골드는 이 정도고 젬은 얼추 5천 젬 정도인가. 따로 수입원을 확보하는 것도 중요하겠어. 일단 수행 과제를 따라 마왕성을 발전시킨다.'

태현이 노리던 레어급 장비는 빼앗았다.

남은 것은 파이칸 고대 유적지뿐. 아마 놈은 일정이 약간 뒤틀어진다 해도 공략을 노리고 들 것이다. 그렇다면 자신도 그동안 충분한 준비를 해야 했다.

'빠르면 7개월. 느리면 8개월 정도다.'

용찬은 중립 미션을 통해 얻은 것을 모두 정리하며 차차 일정을 세우기 시작했다.

"가주님, 시간이 다 되었습니다."

미리 밖에서 대기하고 있던 경비 대장이 문을 가볍게 두드렸다. 뒤이어 가문의 주인이 복도로 나오자 일렬로 서 있던 경비병들은 일제히 고개를 숙였다. 그리고 콜렌이 고개를 들어 서류를 건네자 그제야 다른 자들도 고개를 들고 자리를 고수했다.

"벌써 이렇게 됐군. 얼마 만의 모임인지 이젠 기억도 가물가물해. 그래서 참여 인원은?"

"예. 현재까진 전원 참석으로 알려져 있습니다. 일단 현 마왕들의 평가전을 위한 자리인 만큼 가주들의 의견도 무척 중요하다고 여기는 것 같습니다."

"쯧. 위원회 놈들은 하나같이 요란 법석부터 떨고 보는군. 겐트 놈도 그렇고 말이지."

손에 쥐고 있던 서류가 불타오른다. 펠드릭은 이번 모임에 대해 무심한 표정으로 일관했지만 속내는 그렇지 않았다.

특히나 마왕들의 평가전이다. 줄곧 명예를 빛내기 위해 마왕성을 맡고 있는 각 가문의 대표들이 실력을 뽐내는 자리였는데, 어찌 관심이 없을 수 있단 말인가.

'이번에는 원로분들까지 관심을 두고 있으니 이전처럼 무시할 수도 없고. 아직 권능도 발현 못 한 헨드릭이 과연 좋은 성적을 거둘 수나 있을는지 모르겠군.'

문득 대면 당시의 아들이 떠올랐다. 여러모로 부족하긴 했지만 기세 하나만큼은 인정할 만했다.

펠드릭은 순간 지원을 추가적으로 늘릴까 생각도 했지만, 이내 가문의 사정을 떠올리며 고개를 저었다.

"왜 그러십니까, 가주님."

"으음, 아무것도 아니다. 우선 출발하도록 하지."

"알겠습니다."

가주들의 모임 장소는 상업 국가 골프레스의 수도 아번. 미첼에선 거리가 있다 보니 번거롭게 게이트를 이용해야 했지만, 펠드릭은 가문 내에 설치된 포탈을 통해 편하게 도시로 이동할 수 있었다.

"조심히 다녀오십시오, 가주님."

"음. 갔다 오도록 하마."

경비병들의 배웅을 마지막으로 펠드릭은 지하 1층 포탈을 넘어갔다.

눈앞으로 드러나는 복도. 단숨에 모임 장소 내부로 넘어온 그는 망설일 것 없이 정면에 있던 방으로 곧장 들어갔다.

"항상 늦는군. 펠드릭 프로이스."

"언제나 지각은 펠드릭으로 정해져 있는 것 아니었나요?"

"왔으면 얼른 앉으시오. 얘기를 시작하려고 했으니."

둥그런 테이블을 중심으로 앉아 있던 자들이 각자 한마디 씩 불만을 표했다. 그중에는 이를 바득바득 갈고 있는 겐트도 있었지만 펠드릭은 무시한 채 정해진 자리에 앉았다.

현재 이 방 안에 모여 있는 인물들은 하나같이 마왕성을 맡아온 전대 마왕들. 지금은 가주로서 가문을 맡고 있었지만 현역 때의 위압감은 여전했다.

"아, 그나저나 이번에 그 망나니가 베텔과의 서열전에서 이겼다고 들었는데. 좀 정신을 차렸나 보네?"

"그런 이야기나 하려고 모인 것이 아닐 텐데, 로즈린."

"어머. 여기에 모여 있는 가주들 전부 네 아들에 대해 궁금해한다고. 나뿐만이 아니라니까. 그렇지 않아?"

바로 옆에 앉아 있던 백발 미녀가 혀를 낼름거리며 주위를 둘러봤다. 항상 모임 때마다 헨드릭을 걸고 도발을 하다 보니 이런 상황은 익숙했지만, 이번 소식만큼은 다들 정말로 궁금해하는 눈치였다. 물론 일부 가주는 예외였고 펠드릭 또한 침묵으로 일관했다.

로즈린은 아쉽다는 듯 혀를 차며 고개를 돌렸고, 위원회의 대표로 겐트가 말문을 열며 본격적인 회의가 시작됐다. 그리고 이번 평가전을 놓고 흘러가는 대화를 들으며 펠드릭은 헨드릭을 떠올렸다.

'헨드릭에겐 당장 알리지 않는 편이 좋겠군.'

서서히 회의는 길어지고 있었다.

중립 미션에서 귀환한 이후 바쿤은 더욱 바빠졌다. 먼저 기존 5층 규모였던 마왕성을 대대적으로 확장하는 작업이 시작됐고, 곧이어 병사들은 때아닌 노동을 하게 됐다.

"아, 정말. 거기가 아니라니까. 이쪽이라고, 이 멍청한 고블린 자식아!"

"키, 키엑?"

"여기라고, 여기!"

물론 작업 도중 일부 실수로 인해 일정이 늦춰지긴 했지만 결과적으로 바쿤은 한층 더 발전하게 됐다.

"허. 설마 했더니 진짜로 규모를 확장해 버렸잖아. 갑자기 병사들의 장비를 제작해 달라지 않나. 병사 훈련에 치중하질 않나. 정말 정신이라도 차릴 모양인가. 왜 저래?"

완공 직전까지 설계도를 짜면서도 잭은 무척 당황하며 믿기지 않아 했지만 용찬은 여기서 멈출 생각이 없었다.

내부 및 외부 확장 다음은 병사 수. 마침 추가적으로 뜬 수행 과제도 병력 문제였기에 거칠 것이 없었다.

다만.

"평범한 E급 리자드맨입니다. 특성이나 재능은 없습니다. 스킬도 물론입니다."

"음. E급 홉 고블린들이군요. 특성은 치고 빠지기입니다. 스킬은 없습니다."

"허어. 이번에도 E급 리자드맨이군요. 다른 것은 볼 것이 없지만 기습 스킬을 가지고 있습니다."

소환 운이 지극히 없었다. 이전과 달리 네임드조차 나오지 않았을뿐더러 그리 쓸 만한 병사들도 보이지 않았다. 용찬은 골머리를 짚었고 바쿤은 총 43명의 병사를 가지게 됐다. 그렇게 병력 문제가 해결되자 바로 다음 수행 과제가 나타났는데, 이번에는 방어력이었다.

'처음 수행 과제를 할 때와 똑같은 패턴이군. E급으로 넘어선 김에 확실히 조치를 취해둬야겠어.'

한 차례 침입을 막아낸 용찬은 함정과 방어 수단의 중요성을 깨달았다. 마왕성 자체의 방어력도 매우 중요했지만 우선적으로 침투 동선을 방해할 요소가 필요했다.

[E급 함정 '환영 계단'을 구매했습니다.]

[E급 방어 수단 '진입 거부 발판'을 구매했습니다.]

현재 바쿤의 방어력 관련 요소의 제한 숫자는 각각 4개. 이번 E급 함정과 방어 수단을 구매하면서 각각 1개씩 추가가 됐다.

환영 계단과 진입 거부 발판은 상점 목록 중 가장 쓸 만한 효과를 가지고 있었고, 방어력 수행 과제 또한 무사히 완료할 수 있었다.

그리고 그다음으로 주어진 수행 과제는 바로 E급 던전 공략이 었는데, 목적지는 이전에 클리어하지 못한 나머지 장소들이었다.

'마침 오크들의 출몰지도 조사해 봐야 했는데 잘됐어. 하지만 그전에……'

파티 미션에서 펨트릿을 겪고, 중립 지역 미션에서 주문서를 겪었던 용찬은 먼저 도시 방문을 택했다.

귀환한 지 열흘째 되는 날, 용찬은 자신이 얻었던 장비들을 병사들에게 나눠 준 뒤 포탈을 통해 도시로 향했다.

"저것 봐. 저놈, 그 망나니 놈 아니야?"

"어이, 어이. 괜히 얼씬거리지 마. 저 자식이 이 근처에서 얼마나 행패를 부렸었는데. 본성은 절대 안 달라진다고!"

"그래도 이전처럼 흐리멍덩한 눈은 아닌데. 살도 좀 찐 것 같고. 게다가 옆에 있는 건 병사들 아냐?"

바로 헨드릭이 주로 오가던 베헬름의 도시 롱 담이었다.

다섯 개의 진영으로 나누어진 대륙과 달리 마계는 일곱 개의 국가가 서로 영토를 통치했다. 왕족과 귀족들은 가문과 협력해 국가를 재건했지만, 실질 권력은 가주의 것이었다.

그리고 그 중심에 마계 위원회가 존재했는데 강경파, 온건파, 중립파로 나누어진 그들은 각자 다른 성향을 가지고 있었다.

베헬름 같은 경우 17개의 가문이 자리 잡고 있으며 수도인 롱 담은 전체적으로 란드로스 가문의 구역이었다.

'제리엠 란드로스라고 했던가. 어쩐지 지나치게 얕잡아 보더니, 이런 이유였군.'

용찬은 미첼 때를 떠올리며 주위를 두리번거렸다.

헨드릭을 얕보는 것은 모두 같았지만 여태껏 자기 구역에서 망나니짓을 해왔으니 어떤 취급을 당했을지는 뻔했다.

"저기, 마왕님. 다들 저희를 노려보는데요?"

"무시해라."

"그, 그래도 너무 살벌한데 저희 어디로 가는 거예요?"

"아이템과 주문서를 살펴보러 갈 거다. 겸사겸사 상단도 들르면 더 좋을 테지."

용찬이 앞장서 거리를 걷자 불안해하던 헥토르도 조심히 따라왔다. 그리고 그 뒤를 로브를 입은 쿨단이 따랐는데, 개인적으로 로브에 달린 후드가 마음에 든 모양이었다.

일행은 그대로 주변 시선들을 무시한 채 첫 번째 목적지로 향했고 이내 원했던 아이템들을 볼 수 있었다.

"그레고리 님의 소개로 왔다구요? 이거야 원. 매번 고생하시던 그분을 놔두고 직접 마왕님께서 행차하실 줄은 몰랐는데. 어떻게, 예의라도 차려 드려야 하나요."

가게의 주인이던 젊은 여성 마족은 용찬을 달가워하지 않았다. 항상 자신의 주인 대신 고생하는 그레고리를 봐왔으니 반감을 품을 만도 했다.

하지만 용찬은 그녀의 비꼬는 말투에 반응하지 않았고 무심히 아이템들을 살폈다.

"이것들은 전부 플레이어들의 아이템이군. 어떻게 매물을 구해 온 거지?"

"흥. 요새 한창 놈들이 마왕성으로 처들어오다 보니 가문을 통해 각지로 퍼져 나가고 있는데 그것도 모르셨나 봐요. 뭐, 모를 수밖에 없을 것 같지……."

"대답은 1절까지만 해라."

서늘한 두 눈빛에 여성 마족은 몸을 움찔거렸다. 그녀는 몹시 당황했는지 식은땀을 흘리더니 이내 등을 돌렸다.

"아, 알겠어요. 그럼 일단 둘러보세요."

그제서야 용찬은 편하게 아이템을 살피기 시작했고, 마침 눈에 띄는 것을 하나 발견할 수 있었다.

[화톳불]

[등급:노멀]

[옵션:근처에서 휴식을 취할 시 일정 시간마다 생명력, 스태미나가 회복된다.]

[설명:지정된 위치에 불을 피울 수 있는 화톳불이다. 지역마다 사용 가능 여부가 다르다.]

'화톳불이라면 언제든 쓸 만하지. 이번 수행 과제 때문이라도 구매해 둬야겠어.'

매 전투마다 피로와 스태미나를 포션으로 회복할 순 없는 일이다. 특히 지도 창에 표시된 E급 던전들은 거리가 제법 멀었다. 꽤 긴 일정까지 염두에 둔다면 화톳불 같은 아이템은 필수였다.

"우와! 사과가 황금색이에요. 마왕님, 이것도 사 가요!"

"내려놔라. 독 사과다."

"으아아악?"

지레 질겁한 나머지 헥토르는 손에 든 사과를 그만 놓쳐 버리고 말았다. 그 순간, 뒤에 있던 쿨단이 안광을 뿜으며 절묘하게 사과를 낚아챘다.

달그락. 달그락.

마치 서커스를 하듯 공중에서 묘기를 부리는 사과들.

헥토르는 멍하니 박수를 치며 쿨단을 바라봤다.

하지만.

"자, 잠깐. 우리 가게 물건으로 뭐하는 짓이야!"

가게 주인이 버럭 화를 내며 사과를 빼앗자 흥은 금방 식어버렸다. 헥토르는 아쉬운 마음에 혼자 툴툴거렸고, 용찬은 마저 아이템을 고르며 가게를 떠나려 했다.

"자, 잠깐만요."

갑자기 일행을 불러 세우는 그녀, 용찬은 인상을 찌푸리며 테이블 위에 올려둔 골드 주머니를 가리켰다.

"골드는 제대로 건넸을 텐데?"

"그게 아니라. 으음, 계속 마왕님이 직접 도시로 방문하시는 건가 해서요."

"보통은 그레고리가 올 거다. 안심해라."

"아, 안심이라뇨! 저는 그런 의도로……."

용찬은 당황하는 가게 주인을 무시한 채 등을 돌렸다. 개인적으로 그레고리에게 감정을 품은 모양이지만 자신과는 상관없는 일이었다.

"제, 제 이름은 필리나예요. 그레고리 님께 안부 좀 전해주세요!"

멀어져 가는 동안에도 그녀의 목소리는 계속 들려왔지만 끝까지 등은 돌리지 않았다.

롱 담은 의외로 넓은 도시였다.

이전의 헨드릭처럼 고주망태가 아니라 멀쩡한 정신으로 직접 거리를 거닐자 체감이 됐다.

그레고리가 알려준 가게는 총 7곳. 각각 거리가 떨어져 있다 보니 모두 방문했을 땐 제법 시간이 지나 있었다.

[민하나:저번에 부탁하셨던 것 말인데요. 좀 알아보니 리미트리스 진영 내 고용찬이란 이름은 한 명밖에 없더라구요. 직업은 마법사인 거 같았는데 자세히는 모르겠어요. 물론 더 있을지도 모르지만 일단 제가 알아낸 것은 여기까지예요. 아, 그리고 알려주신 정보대로 미션을 공략했더니……]

주문서와 아이템을 정리하던 용찬의 눈앞으로 메시지가 떴다. 프루나 던전에서 포섭했던 하나였다.

'동명이인 마법사라면 잘 알고 있는 놈이지. 이름이 똑같아 몇 번 마주친 적이 있으니까. 그렇다면 역시 내 본래 육체는 소멸한 건가?'

일주일마다 착실히 메시지를 보내는 정보통이지만 기껏해

야 소식이나 소문 정도다. 그녀들의 정보력은 턱없이 부족했고, 아직 밝혀지지 않은 동명이인이 존재할지도 몰랐다.

용찬은 섣불리 판단하지 않고 메시지를 마저 확인했다.

[한채은:최근 리오스 진영의 유태현이란 사람이 신규 루키로 떠오르는 것 같아요. 듣기론 혼자서 보스 몬스터까지 상대했다고 하는데 전 잘 모르겠어요.]

예상대로 태현의 행보는 남달랐다. 대외적으로 자신을 드러내면서 관심을 모은 것은 아예 입지를 다지겠다는 것. 리셋 전 유명했던 랭커들을 모아 힘을 기를 것이 분명했다.

'가장 첫 목표는 타이란트 길드 재건일 테지. 그 외에도 전쟁 당시 호의를 보이던 놈이 많았으니 주의해야겠어.'

기회가 된다면 자라날 싹은 미리 짓밟아 놔야 했다.

"마왕님, 저희 언제 돌아가는 거예요. 힘들어 죽을 것 같아요."

뒤따라오던 헥토르가 죽을상을 지었다. 몇 시간 동안 도시를 돌아다녔으니 힘들어할 만도 했다.

용찬은 정면에 있던 건물을 가리켰다.

"안심해라. 저곳만 들렀다 바로 돌아갈 거니까."

"더…… 페이서 상단 지부?"

"그래. 그레고리가 자주 이용하던 상단이다."

더 페이서 상단. 헨드릭이 망나니가 되어 모두 손 내밀지 않을 때 유일하게 거래를 틀어준 곳이다. 비록 본부는 아니었지만 그레고리와 인연을 맺은 마족이 있다고 하니 들러봐야 했다.

용찬은 그대로 병사들과 함께 지부로 들어섰다.

"더 페이서 상단 지부에 오신 것을 환영합니다. 어떻게 찾아오…… 헉!"

"따로 소개는 필요 없을 것 같군. 그레고리의 소개로 왔다. 책임자에게 안내해라."

손님을 맞이하려던 직원은 한눈에 용찬을 알아봤는지 잽싸게 다른 자를 불러왔다. 그리고 뒤늦게 나타난 중년 사내는 인자한 표정으로 고개를 숙이며 악수를 청했다.

"지부에 들러주셔서 크나큰 영광입니다, 헨드릭 프로이스님. 전 더 페이서 지부장 로버트입니다."

"보다시피 헨드릭이다. 네가 그레고리가 말했던 책임자겠지?"

"물론입니다. 우선 이쪽으로 오시지요."

인자함이 묻어나 있는 정중한 태도. 그레고리와 흡사한 분위기의 로버트는 침착히 일행을 안쪽 테이블에 앉혔다.

"그래서 저희 상단에는 어떤 용무로 방문하셨는지 여쭤봐도 되겠습니까?"

"별건 아니야. 그동안 바쿤과 거래를 틀어주었다고 해서 얼굴도 볼 겸 잠시 들른 것뿐이니까."

"그런 것 치곤 테이블 위에 올려두신 게……."

어느새 테이블 위에 놓인 두둑한 자루. 로버트는 조심스레 용찬이 놓은 자루 안을 살펴봤다. 안에는 상당한 양의 골드가 들어 있었고, 맞은편에 앉아 있던 용찬은 어깨를 으쓱거렸다.

"얼마 안 되지만 감사의 표시다."

"……허. 그레고리 님께 듣긴 들었지만 정말 달라지셨군요. 한데, 제가 이것을 받아도 될는지."

"물론 순수한 감사의 표시는 아니지. 제안을 하나 하마."

"역시 그냥 들르신 것은 아니셨군요."

쓴웃음을 짓던 그는 안경테를 올려 끼며 자세를 잡았다.

"어떤 제안이십니까?"

"앞으로 얻는 모든 몬스터 사체와 아이템, 장비들을 너희들에 게 독점적으로 거래해 주지. 대신 너희는 유통망을 통해 내가 원하는 물건들을 거래 때마다 매번 비밀스럽게 구해 와야 해."

"헨드릭 프로이스 님께서 원하시는 물건들의 기준은 어느 정도입니까?"

"그리 높진 않아. 단순히 플레이어들의 아이템에 흥미가 있 을 뿐이니까."

전혀 손해될 것은 없는 용찬의 제안이다. 특히 일부 마족들 은 자존심까지 포기하며 플레이어들의 장비를 쓰는 데다가, 따로 그것들을 수집하는 마왕들도 존재했다. 권능을 발현 못한 최하급 마족이 필요로 하는 것도 어느 정도는 이해가 갔다.

"그 정도면 괜찮겠군요. 좋습니다. 제안을 받아들이도록 하죠. 하지만 한 가지 미리 당부 말씀드리자면 순전히 이 도시는 란드로스 가문의 영역입니다. 물론 저희 상단이 가문에 속한 것은 아니지만 헨드릭 프로이스 님과의 거래가 지속될 시 문제가 생길 수도 있다는 것만큼은 알아주십시오."

"어차피 프로이스 가문에 이런 제안을 건넬 수도 없는 입장이야. 나로선 여기밖에 선택권이 없으니 그 부분에 대해선 염려 마라."

"감사합니다."

정식으로 제안을 받아들인 로버트는 즉시 계약서를 가져왔다. 내용은 간단히 서로 합의하에 이루어진 거래라는 것이었고, 모두 살펴본 용찬은 즉시 사인했다. 계약서는 곧 빛을 발했고 계약은 정상적으로 완료됐다.

그렇게 일이 마무리가 되자 용찬은 자리에서 일어났고, 로버트는 따로 그에게 수정구를 챙겨주었다.

"앞으로 수정구를 통해 통신을 걸겠습니다. 부디 몸 조심히 돌아가십시오, 헨드릭 프로이스 님."

정중한 마중을 끝으로 일행은 돌아갔다. 그제야 처음 헨드릭을 맞이했던 직원은 편하게 로버트에게 다가가 물었다.

"지부장님, 혹시 저 망나니가 무작정 돈을 빌려달라 했다거나 그런 건 아니죠?"

"……과연 지금의 저 마왕을 망나니라고 부를 수 있을지 모르겠군."

"예?"

"아무것도 아닐세. 자네도 이만 업무로 돌아가게나."

의미심장한 표정을 짓던 로버트는 이내 본래 상사의 모습으로 돌아갔다.

상단을 나온 용찬은 병사들과 함께 설치된 포탈로 돌아가고 있었다.

"이제 저희 저 상단이랑 쭉 거래하는 거예요?"

"한동안은 그렇겠지."

"우와. 그래도 고생한 보람은 있었어!"

점차 바쿤이 발전해 나가면서 병사들도 신뢰를 가졌다.

헥토르는 신이 났는지 하얀 이를 드러내며 쿨단과 의미 모를 대화를 나누었다.

그사이, 용찬은 길쭉한 뱀파이어의 어금니를 보며 의문을 가졌다.

'그러고 보니 이놈의 종족은 뱀파이어인데 따로 흡혈 스킬은

안 가지고 있는 건가?'

활을 다루는데도 명중률이 극히 낮은 것은 물론 마법사들이 가지고 있을 만한 마력 흡수 스킬까지. 여러모로 종족에 걸맞지 않게 엉뚱했다.

툭!

잠시 앞을 보지 못한 것일까.

인적이 드문 골목길을 지나던 도중 누군가와 어깨를 부딪혔다. 용찬은 뒤늦게 고개를 돌렸고 이내 흑색 로브를 입은 자를 발견했다.

"……"

고요해지는 분위기.

얼굴 전체를 붕대로 감은 그자는 천천히 몸을 틀었다.

"헨드릭 프로이스."

"내 이름을 알고 있는 것을 보니 이 도시의 마족인가 보군. 무슨 일이지?"

"대답할 가치도 없다."

"네놈은 누구……"

재차 묻던 용찬의 안면으로 푸른 빛줄기가 쏘아졌다.

순간적인 기습에 헥토르와 쿨단은 당황했고, 정체불명의 마족은 즉시 등을 돌렸다.

"마, 마왕님?"

달그락. 달그락!

"……베텔을 이겼다기에 조금은 기대를 걸어볼 만했는데 결국 거기서 거기였군."

한때 망나니라고 불렸지만 마왕답지 않게 무척 허무한 죽음이었다. 붕대 마족은 혀를 차며 유유히 자리를 뜨려 했다.

그 순간, 뒤에서부터 예사롭지 않은 기운이 느껴졌다.

파지지직.

격렬히 요동치는 푸른 뇌전.

"먼저 기습을 했다는 것은 죽을 각오가 되어 있다고 봐도 되겠지?"

분명 죽었어야 할 바쿤의 마왕이 멀쩡히 장갑을 매만지며 그렇게 물어왔다.

◀ 16장 ▶
위르겐

암살왕의 망토를 통해 얻은 것은 능력치뿐만이 아니다.

무려 C급의 투명화 스킬. 보통 암살자들이 쓰는 은신과 비슷하다고 여길지도 모르지만 레어 장비의 효과는 달랐다.

[투명화가 발동됐습니다.]

예상치 못한 기습의 찰나 용찬의 몸은 투명해졌다. 마치 신형 자체가 사라진 듯 푸른 빛줄기는 그대로 허공을 관통해 버렸고, 직후 용찬은 온전한 상태로 다시 모습을 드러낼 수 있었다.

'하루에 두 번밖에 사용할 수 없다는 것이 흠이지만 이 정도만 해도 충분하지.'

현재 투명화의 지속 시간은 겨우 5초. 사용 제한 횟수는 물론 스킬 등급 이상의 적들에겐 영향을 받는다는 단점이 있긴 했지만 다행히 붕대 마족은 아닌 듯했다.

"……어떻게?"

"어차피 죽을 놈에게 알려줄 필요는 없지."

용찬은 일순 쏟아진 푸른 빛줄기를 떠올리며 눈을 빛냈다.

'따로 캐스팅을 거치지 않고 상당한 마력을 쏘아 보냈었지. 시간을 끌면 내가 불리해.'

제자리에서 점멸하는 신형. 단숨에 대쉬 스킬로 거리를 좁히자 놈의 허점이 훤히 드러났다.

한데 붕대 마족은 반응조차 보이지 않고 자리를 고수했다.

"나름 재밌어."

"죽기 직전까지 재밌긴 할 거다."

"하지만."

뇌격이 실린 주먹이 로브 사이로 파고든 순간 놈의 주위로 마력이 발산됐다.

사방으로 몰아치는 모래바람. 골목길 전체로 시야가 흐릿해지자 용찬은 위험을 직감하고 뒤로 빠졌다.

"마력을 다룰 수 없는 마족은 마왕이 될 자격이 없다."

어느새 공중에서 모습을 드러낸 붕대 마족이 길게 손을 뻗었다. 점점 마력이 모여들자 용찬은 머플러를 매만지며 고민했다.

그 순간, 멀리서부터 발걸음 소리가 들려왔다.

"……칫. 운이 좋은 놈이군."

공간을 가득 메우던 마력이 사그라든다. 붕대 마족은 그대로 모래바람과 함께 사라져 버렸다. 그제야 굳어 있던 헥토르와 쿨단이 다가왔고, 용찬은 재깍 탐색을 발동했다.

하지만 이미 주위를 벗어난 것인지 놈의 존재는 포착되지 않았다.

'정체가 드러나길 꺼리는 건가. 일부러 이 장소를 골라 접근한 것일 수도 있겠어.'

의외로 맥 빠지게 마무리된 상황이었다.

하지만 저 정도의 마법사가 자신을 노린 것이라면 따로 배후가 있을지도 몰랐다.

용찬은 반대편에서 걸어오는 마족들을 확인하며 뇌격을 해제했다.

"일단 바쿤으로 돌아간다."

롱 담에서의 목적을 모두 달성하자 그 이후로는 일사천리였다. 플레이어들의 아이템 및 주문서들은 마왕성 병사들에게도 매우 유용했고, 수행 과제를 위해 재깍 일정을 맞출 수 있었다.

지도 창에 표시된 E급 던전은 총 7곳. 전부 이전과 달리 제법 거리가 되었지만 계획에 차질은 없었다.

오히려 문제라면 병사들의 직업일 것이다.

'원거리 계열이라고 해봤자 헥토르와 코볼트 두 마리 정도인데. 이대로 놔두면 화력이 부족해지겠어.'

마침 오크 가죽을 통해 병사들의 장비도 제작된 상황. 용찬은 즉시 상단에게 통신해 하급 재료들을 주문했다. 그리고 잭에게 활 제작을 요구하며 남은 골드를 모조리 투자했다.

결국 바쿤의 재정은 다시 바닥을 드러냈지만, 본격적인 던전 공략이 시작되면서 그 부분도 해결되어 갔다. 용찬은 가장 먼저 새로 소환한 병사들을 궁수로 전직시켰고, 베텔에서 넘어온 신규 병사들과 함께 굴리기 시작했다.

"똑바로 서라. 고작 그 정도 체력으로 무슨 전투를 하겠다는 거지?"

"깨에에엥!"

"헥토르보다 심각한 수준이군. 눈앞에 적이 있는데도 화살을 못 맞히는 거냐."

"츠으, 츠으으!"

난생처음 소환되어 마왕성 병사가 된 홉 고블린과 리자드맨은 말 그대로 지옥을 경험했다. 바쿤의 마왕은 정말 자신들을 무자비하게 굴렸고, 심한 폭언도 마다하지 않았다.

하지만 그럴수록 경험은 빠르게 쌓여 얼마 되지 않아 E급으로 한 단계 상승할 수 있었다. 그렇게 신규 병사들의 직업까지 모두 갖춰지자 다음은 기존 병사들이었다.

"키에에엑!"

"그르릉?"

가장 먼저 가시 박힌 커틀러스를 받게 된 칸은 무기의 특징을 잘 살려 스킬을 얻어냈다.

[웨폰 브레이크가 발동됩니다.]

[놀 전사가 쥐고 있던 창대의 내구도가 손상됩니다.]

스킬 적중 시 적의 무기를 손상시키는 기술은 예상대로 몬스터들에게 잘 먹혔다. 칸은 전투 때마다 실컷 무기를 부수며 날뛰었고, 켄도 지지 않기 위해 열심히 방망이를 휘둘렀다.

그리고 베텔에서 넘어온 신규 병사들까지 그 둘을 따라다니자 완전한 패거리가 탄생했다.

어찌 보면 일개 폭력배나 다름없는 모양새였지만 의외로 효율적인 전투가 됐다. 그렇게 새로운 무리가 탄생하자 방패병들도 가만히 있진 않았다.

[철갑화가 발동됩니다.]

[방패술이 발동됩니다.]

[도발이 발동됩니다.]

비케스트 던전 때부터 직접 부하들에게 스킬을 전수해 온 쿨단. 이번에도 스켈레톤 병사들에게 도발을 가르쳐 주었고, 한층 든든한 선두를 유지하게 됐다.

그로 인해 원거리 계열 병사들은 보다 편하게 지원이 가능했고, 헥토르 또한 자유롭게 적들을 사격할 수 있었다.

"야! 내가 아니라 저놈들을 쏘라고!"

"윽. 죄송해요, 누님."

물론 난전 도중 병사들까지 위협을 느끼는 것은 변함이 없었지만.

[차지 어택이 발동됩니다.]

루시엔의 성장도 꽤나 진전이 있었다. 중립 미션을 클리어하면서 각오를 재충전한 그녀는 이전보다 최선을 다했다. 그 중거로 처음 대련 때보다 이도류가 안정되어 있었고, 나름 노력을 한 것인지 새로운 스킬도 배운 상태였다.

하지만 그 무엇보다 발전한 것은 태도일 것이다.

"스킬 재사용 대기 시간을 항상 유념해. 아까도 헥토르가 지원 안 해주었으면 위험해졌을 거다."

"순간 실수했어요. 그리고 쟤 지원 따위 없어도 저 혼자 충분하거든요?"

"물론 헥토르의 명중률이 형편없긴 하지만 애초에 네 스킬의 사용 방식도 문제다."

"……그러면 어떤 식으로 써야 하는데요."

성격 자체는 그대로였지만 먼저 존대에 익숙해졌다. 또 배우려는 의지가 강해져 용찬의 무위를 인정하고 가르침을 받아들였다. 최근 플레이어 아이템에 대해 군소리하지 않는 것도 아마 중립 지역 미션의 영향일 것이다.

[신속 가르기가 발동됩니다.]

마침 루시엔의 새로운 스킬이 발동됐다. 최대 세 명까지 대상으로 지정해 연속적으로 파고드는 쾌검 기술. 지적해 준 보람이 있는 것인지 금세 신속화를 적절히 자제하며 적들 사이를 휩쓸고 다녔다.

하나, 도중 마력이 담긴 화살이 하나 날아오며 그 흐름은 끊기고 말았다.

"이익. 더 이상은 못 참아!"

"으아아악! 누님, 진짜 실수예요. 실수라구요!"

"너 거기 안 서!"

신속화가 있는 다크 엘프와 신속의 부츠를 신은 뱀파이어. 당연히 승자는 전자였다.

헥토르는 곧 루시엔에게 붙잡혀 고통스러워했고, 용찬은 전멸한 몬스터들을 확인하며 귀환 명령을 내렸다.

"처음 뵙겠습니다, 헨드릭 프로이스 님. 전 프로이스 가문의 치료술사 로드멜이라고 합니다. 가주님의 명을 받고 이렇게 바쿤으로 오게 됐습니다. 잘 부탁드립니다."

수월하게 던전 공략이 이뤄지던 중 예고됐던 치료술사가 도착했다. 로드멜은 푸른 머릿결을 가진 젊은 마족이었고, 최근에 가문으로 들어간 신입이기도 했다.

신성력과 반대로 마력 자체를 이용해 치유를 담당하는 마계의 치료술사. 현 바쿤에 가장 필요한 자가 아닐 수 없었다.

"방은 편한 대로 6층과 5층의 방 중 하나를 골라 사용하도록."

"감사합니다, 마왕님."

"그리고 바로 따라오도록 해라."

"예?"

그날부터 로드멜은 E급 던전 탐사 인원으로 참가하게 됐다.

'D급 치료술사 정도면 현장에서 즉시 병사들을 치유할 수 있겠지.'

용찬의 생각은 정확히 들어맞았다.

신체적으로 나약하던 로드멜은 일정 내내 버거워하며 골골 거렸지만, 실전으로 돌입하자 몸을 벌벌 떨면서도 병사들을 치유했다. 덕분에 포션과 아이템의 낭비는 줄어들었고, 이전 보다 빠르게 던전을 공략할 수 있게 됐다.

그리고 수행 과제의 마지막 던전을 공략할 날이 찾아왔다.

[루탄의 팔목 보호대]

[붉은 긍지의 망토]

[충격 완화 부츠]

'여태까지 얻은 것은 대충 이 정도인가. 병사들에게 나눠 준 것까지 치면 제법 되겠어.'

팔목 보호대 같은 경우 휴먼 메트로 보상으로 얻은 것이지만 용찬은 만족스러워했다. 그 증거로 붉은 긍지의 망토는 마법 저항력과 회피율을, 충격 완화 부츠는 힘 능력치와 충격 흡수율을 상승시켜 주며 이전보다 좋은 효율을 보였다.

"헉, 허억. 여기가 마지막 던전입니까?"

로드멜이 지팡이에 의지한 채 언덕 위로 올라왔다. 안색이 창백해질 정도로 힘들어했지만, 꿋꿋이 따라온 모양이다.

용찬은 묵묵히 눈앞의 요새를 올려다보는 것으로 대답을 대신했다. 그 모습에 로드멜의 얼굴이 환해졌다 이내 의문으로 물들었다.

'무작정 따라오라 해서 따라다니고 있긴 한데, 정말 최하급 마족 맞는 거야? 듣던 것과 달리 망나니 기질도 안 보이는데.'

겉으로만 봐선 냉정하고 카리스마 있는 마왕이다. 던전을 공략하는 내내 보였던 무위까지 생각한다면 기존 예상과는 매우 달랐다.

그사이 용찬은 손에 쥐고 있던 부적을 찢어 병사들에게 버프를 부여했다.

[체력의 부적을 사용했습니다.]
[일정 시간 동안 병사들의 생명력 회복율이 상승합니다.]
[마력의 부적을 사용했습니다.]
[일정 시간 동안 병사들의 마력 회복율이 상승합니다.]

플레이어들이 주로 파티에서 사용하던 버프 아이템. 롱 담에서 구매한 부적들은 유용하게 사용되고 있었다.

"이것도 플레이어 놈들의 아이템입니까?"

"불만이라도 있나. 비록 놈들이 주로 사용하는 것들이긴 하지만 효과는 쓸 만해."

"아, 아뇨. 그게 아니라 마왕분들이 이런 아이템을 갖고 다니시는 경우는 처음 봐서."

"쯧. 하나같이 고정관념에 사로잡혀 있군."

로드멜도 다른 마족들과 똑같이 편견을 가지고 있었다.

어쩌면 그것이 당연할지도 모른다. 애초에 용찬이 노린 것은 무력했던 망나니가 플레이어들의 아이템을 통해 달라지는 전개. 아무런 재능도 없던 마왕이 어떻게든 강해지기 위해 발버둥 치는 것은 누구에게나 당연하게 보였다. 그러다 보니 이젠 병사들도 익숙하게 받아들이며 앞으로 전진했다.

파지지직.

폐허가 된 요새를 살피던 도중, 용찬의 팔 위로 뇌격이 스며들었다.

[뇌 속성력이 상승했습니다.]

휴먼 메트로 미션 이후 가끔씩 자동으로 발동하는 뇌격. 어찌 된 것인지 따로 전투를 치르지 않아도 계속 뇌 속성력이 상승했다.

'별다른 전투 없이 숙련도가 상승하는 것은 좋지만 자꾸 이러면 곤란한데.'

D등급이 코앞인 상태다. 슬슬 다른 장비로 갈아탈 때일지도 몰랐다.

그렇게 용찬은 장갑에 대해 고민하며 요새 정문 앞으로 섰다.

[던전 명:판테온]

[등급:E]

[클리어 횟수:1]

'뭐지. 왜 클리어 횟수가 1로 등록되어 있는 거지?'

바쿤에서 가장 멀리 떨어진 곳이자 마지막 E급 던전이다.

한데 이미 다른 누군가의 손에 공략되어 있었다.

"잠깐. 다들 거기서 멈추시지."

갑자기 위쪽에서부터 굵직한 목소리가 들려왔다. 고개를 들어 확인해 보니 요새 벽 위로 모여 있는 야생 몬스터들이 보였다.

그리고.

"오야오야. 이거 누구신가 했더니 그 유명한 마왕님 아니신지요?"

그 중심에 서 있던 펭귄(?)이 연초를 입에 문 채 오만하게 말하고 있었다.

[보스 출현, 판테온의 수문장 위르겐이 나타났습니다.]

요새 구조로 이루어진 던전 판테온. 이미 한 번 클리어된 것은 물론 입장도 하기 직전 보스가 등장했다.

게다가 그 보스 몬스터는 하필.

'……펭귄?'

용찬에게 매우 익숙한 외형이었다. 현대인이라면 대부분은 알고 있는 조류 동물이지 않은가. 그런 펭귄이 바쿤 병사들 앞에 나타나 오만하게 연초를 피우고 있었다.

"아얏. 저 자식은 위르겐이잖아?"

"이번에는 또 누구냐."

"쿨단보다 일찍 바쿤에서 도망쳤던 병사 놈이라구요. 속에 뱀을 몇백 마리나 키우고 있는 놈이라 마음에 안 들었는데, 이런데서 만날 줄이야!"

루시엔의 말대로라면 도망친 두 번째 병사와의 조우였다.

다만, 그 누구도 펭귄에 대해선 태클을 걸지 않았다.

"누님 말씀대로 생김새만 봐도 끔찍하네요."

"이런 곳에 제피르 일족이 있다니. 뺨에 있는 반달 모양 흉터를 봐선 왕족 출신인 듯합니다."

헥토르와 로드멜도 덩달아 한마디씩 거들었다. 아무래도 마계에선 제피르 일족이라고 불리는 듯했다.

"최근에 서열전에서 승리하셨다고 하던데 축하드립니다. 운이 좋았다고 해야 할지 아니면 베텔이 그 정도로 약했다고 표현해야 할지 감을 못 잡겠군요. 펭펭펭펭!"

"네놈이 그 사실을 어떻게 알지?"

"비록 지금은 이런 곳에 숨어 지낸다고 하지만 저의 정보력을 얕보시면 곤란하죠. 미첼을 잊지 마십시오, 마왕님."

위르겐의 작은 날개에 이동 주문서가 잡혔다. 확실히 자유 국가 미첼이라면 어떤 일족도 방문이 가능했다.

용찬은 정문 앞으로 다가서며 물었다.

"이곳은 네놈들이 점령한 거냐."

"아아. 원래는 오크들이 서식하고 있었습니다만. 어느 날 한 마족이 마법을 부려 어딘가로 끌고 가더군요. 이런 기회를 제가 놓칠 수야 있겠습니까?"

"……그렇단 거군. 물어볼 게 의외로 많겠어."

처음부터 오만한 태도가 마음에 들지 않았다. 특히 바쿤에 침입했던 오크까지 연관이 된다면 더 이상 고민할 필요도 없었다.

"네놈들을 모조리 때려눕힌 다음 차근차근 알아내 주지."

"페엥. 웃기고 앉아 있군. 얘들아, 저 마왕 놈은 제압하고 나머진 그대로 쓸어버려!"

미리 시위를 당기고 있던 리자드맨들이 화살을 날렸다.

[루탄의 팔목 보호대 효과가 발동됩니다.]

가만히 서 있던 용찬은 여유롭게 화살들을 쳐냈다.

매직급 팔목 보호대의 효과는 최대 5번까지 원거리 공격을 자동적으로 막아주는 것. 비록 마력이 담긴 기술이나 D급 이상의 위력은 버티기 힘들었지만 이런 화살쯤은 간단했다.

하지만 지리적 우위를 잡은 위르겐은 당황하지 않고 정문을 사수하기 시작했다.

"다들 반격해라. 이대로 정문을 뚫고 들어간다."

"마왕님, 무리입니다. 아무리 저희가 수적으로 우세하다지만 저렇게 벽 위에서 요격하면 정문을 뚫는 것도 예상보다 시간이 오래 걸릴 겁니다. 지금은 우선 물러나서……."

"기다려라. 금방 길을 뚫어줄 테니."

마침 쿨단과 방패병들이 앞으로 전진했다. 용찬은 불안해하는 로드멜을 놔두고 그대로 신형을 내질렀다.

[차지 어택이 발동됩니다.]

한 번.

[차지 어택이 발동됩니다.]

연달아 두 번. 정문으로 계속해서 기력과 뇌격이 맺힌 주먹이 파고들었다. 요새 전체가 흔들리자 위르겐은 식은땀을 뻘뻘 흘리며 정문 쪽을 가리켰다.

"그, 금이 가고 있잖아. 다들 뭐하는 거야. 저 마왕 놈부터…… 우아악!"

"칫. 아깝네. 조금만 더 옆이었으면 명중이었을 텐데."

헥토르는 살짝 빗나간 화살을 보며 손에 낀 장갑을 매만졌다.

루멘티스의 장갑. 던전 공략 도중 얻은 매직급 장비로 사격 시 손 떨림을 멎게 만드는 효과를 가지고 있었다. 그 덕분에 낮았던 명중률도 아주 약간은 보완된 느낌을 주었다.

콰앙! 쾅!

점점 나무로 된 문이 허물어져 간다.

준비하고 있던 병사들은 각자 자세를 갖추었다.

그리고 정문의 균열이 벌어질 즈음.

"저, 저 다크 엘프부터 막아! 막으라고!"

"이미 늦었거든!"

신속화를 발동한 루시엔이 요새 안으로 진입했다.

요새에서의 공성전은 무척 시시하게 끝났다. 애초에 수적으로 유리할뿐더러 정문을 부수니 그 이후로는 간단했다. 결국 위르겐과 패거리는 전부 포박됐고, 용찬은 본격적으로 심문을 시작했다.

"나는 절대 두 번 묻지 않아. 요령껏 잘 대답해 봐라."

"페, 페엥. 이럴 수가. 망나니이던 마왕이 이렇게 강해졌다니. 말도 안 돼!"

"자, 첫 번째 질문이다. 네가 가진 직업과 스킬들을 말해."

"알려줄 수 없……."

파지지직!

눈앞으로 강렬한 뇌격이 발한다. 처음부터 기선을 제압하자 위르겐은 몸을 벌벌 떨며 식은땀을 흘렸다.

"그게 네 대답이군. 잘 알겠다."

"자, 잠깐. 알려줄게. 아니, 알려 드리겠습니다. 그러니 진정하시고 이것을 좀 봐주십시오!"

"야. 헛짓거리하지 마. 그게 네 속셈인 거 누가 모를 줄 알아?"

바쿤 내에서 사연이 많았던 것인지 루시엔이 의심부터 했다. 밧줄 뒤로 무언가를 꺼내려던 위르겐은 황급히 고개를 저었다.

"절대 그런 거 아닙니다. 이렇게 전부 포박당했는데 제가 여기서 더 무엇을 한다고!"

"그래서 네놈이 쥔 그것은 무엇이지?"

"마왕님, 이게 저희 제피르 일족 대대로 물려 온 왕관입니다."

"그게 뭐 어쨌다는 거냐."

"아, 이건……."

모두의 시선이 집중되던 순간. 묶여 있던 밧줄이 풀어지며 두툼한 입가에 미소가 번졌다.

"요렇게 쓰는 거다. 멍충이 자식들아!"

위르겐이 바닥으로 왕관을 집어 던졌다. 요새 내부는 순식간에 연기로 가득 찼고 병사들은 혼란스러워했다.

용찬은 인상을 구기며 품에서 아이템을 꺼내려 했다.

그 순간, 묶여 있던 나머지 일당이 폭발하기 시작했다.

'저 자식, 설마 처음부터?'

놈이 던진 왕관은 연막탄의 일종. 그리고 애초에 병사들에게 폭탄을 심어두었다면 미끼가 틀림없었다.

용찬은 재빨리 대쉬로 피해의 범위에서 벗어났다.

하지만 주변에 있던 병사들은 그대로 폭발의 피해를 받게 됐다.

"콜록콜록. 이게 도대체 어떻게 된 거예요?"

"놈은, 놈은 어디로 갔어?"

"다들 어디 계십니까. 제가 바로 치료해 드리도록 하겠습니다!"

요새 내부는 순식간에 혼란스러워졌다.

뒤늦게 로드멜이 바닥에 드러누운 병사들을 치료했지만 문제는 그게 아니었다.

오히려 용찬은 걷히는 연기 속에서 벽 위를 올려다봤다.

"펭펭펭펭. 미리 말씀드렸을 텐데요. 제 정보력을 얕보지 말라고 말이죠. 갑자기 베텔과의 서열전에서 이긴 바룬, 무언가 이상하지 않습니까. 결코 이길 수 있는 전력이 아니었는데 말이죠."

"이 자식, 처음부터 요새 안으로 끌어들이려 했던 거군."

"눈치 하난 빠르시군요. 역시 망나니였던 마왕이 단순히 병사들 덕으로 이겼을 리 없겠죠."

어느새 벽 위로 올라가 있던 위르겐이 연초를 입에 물었다. 자신의 부하들이 죽었음에도 불구하고 무척 여유로운 태도다. 용찬은 즉시 놈이 사라졌던 자리를 확인했다.

바닥으로 보이는 찢어진 주문서 조각. 아무래도 시선을 교란시킨 사이 단거리 순간이동 주문서를 사용한 듯 보였다.

"항상 세상은 정보로 돌아갑니다. 제가 미쳤다고 자세한 정보도 없이 마왕님 앞에 나타났겠습니까?"

요새 벽 위로 새로운 병사들이 나타난다.

탐색 스킬의 범위로 파악되지 않던 놈들이다.

위르겐은 자신의 머리를 톡톡 치며 입꼬리를 말아 올렸다.

"먼저 마왕님과 병사들의 전력을 확인해 보는 것이 당연한 순서. 고작 저 나무문 하나만 믿고 우세를 점치는 것은 애송이들이나 하는 짓이죠. 이대로 마왕님을 사로잡아서 프로이스 가문과 협상하게 된다면 꽤 볼만하겠습니다. 펭펭펭펭!"

적을 알고 나를 알면 백전백승이라고 했던가. 확실히 일리 있는 말이다. 이미 추가 증원된 숫자는 바쿤의 병력을 훨씬 넘어서 있었고, 병사들은 폭발의 피해까지 입은 상태였다.

게다가 좌우 벽 위로 둘러싸고 나타난 것을 보아 불리한 상황인 것은 틀림없었다.

다만.

[기회의 전장을 사용했습니다.]
[깃발이 꽂힌 영역이 전장으로 선포됩니다.]
[바쿤 병사들의 생명력이 일정 시간 동안 빠르게 회복됩니다.]

그것은 보통 마족의 기준이다. 용찬은 녹색 깃발을 바닥에 꽂은 채 차분히 병사들을 기다렸다. 미리 체력의 부적을 통해 회복율을 증대시켜놓았던 병사들은 순식간에 회복됐다.

"뭐, 뭐야. 저 깃발은?"

"이런 플레이어 아이템은 처음 봤나. 그 잘난 정보력은 다 어디로 갔지?"

"이, 이익. 그래 봤자지!"

위르겐이 허겁지겁 새로운 주문서를 꺼내려 했다.

하지만 그것을 가만히 놔둘 용찬이 아니었다.

[마력 방해 주문서를 사용했습니다.]

[스킬 방해 주문서를 사용했습니다.]

[포박 주문서를 사용했습니다.]

"페, 페에에엥!"

풍만하게 부푼 배가 출렁거린다. 비록 D급까지만 효력이 미치는 주문서들이지만 놈을 제압하기엔 충분했다.

근처에 있던 몬스터들은 위르겐이 포박된 채 쓰러지자 당황스러워했다.

"의도는 좋았지만 여기서 끝이다."

"다, 다들 뭐 하고 있어. 나 상관 말고 얼른 놈들을 쳐. 어차피 숫자는 우리가 더 많다고!"

그제서야 놀들과 리자드맨들이 움직이기 시작했다.

요새 안으로 쏟아지는 화살 비. 일부는 마법을 사용할 수 있던 것인지 화염구를 쏘기도 했다.

쿨단과 방패병들은 즉시 전열을 가다듬고 선두를 유지했다. 그 사이, 벽 위에 있던 놈 중 몇 놈이 직접 칼을 빼 들고 달려들었다.

[도발이 발동됩니다.]

[방패술이 발동됩니다.]

놈들의 등급은 E급. 얼추 전투를 거쳐본 것 같았지만 어림도 없었다. 본격적으로 충돌이 일어났을 때 가장 중요한 것은 진형이다.

"츠ㅇㅇㅇ!"

"징그러운 혀 저리 치워!"

마침 루시엔이 민첩한 몸놀림으로 리자드맨의 배후를 노렸다.

"츠아악!"

"깨에에엥!"

"깨갱!"

우후죽순 쓰러져 나가는 놀과 리자드맨들. 루시엔이 뿔뿔이 흩어져 있던 놈들 사이를 종횡무진하자 틈이 벌어졌고, 헥토르가 마저 견제를 시작하자 진형이 붕괴됐다.

"칸, 켄. 길을 뚫어라."

"키엑!"

"키에에엑!"

마치 기다리고 있던 것처럼 칸과 켄이 달려 나갔다.

그리고 평소에 둘을 따르던 나머지 병사들까지 돌진하자 흐름은 완전히 넘어왔다. 용찬은 홀로 남겨진 적들을 제압하며 빠르게 벽 위로 올라섰다.

파지지직.

입이 떡 벌어진 채로 경악하고 있는 한 마리의 펭귄. 서서히 원거리 계열 몬스터들이 제압되는 가운데 둘은 똑같은 상황으로 다시 대면하게 됐다.

"혹시 데자뷰라고 느껴봤나?"

"자, 잠깐. 기다려 보시죠. 드릴 말씀이 있습니다, 마왕님!"

"마지막으로 들어나 봐주지."

온몸이 땀으로 흥건해진 위르겐이 밧줄에 묶인 채로 일어
났다. 그리고 애써 미소를 지으며 고개를 넙죽 숙였다.

"사, 사실 전부터 존경하고 있었습니다. 절 다시 부하로 받
아주시죠. 헨드릭 프로이스 님!"

"……."

태세 전환이 일품인 펭귄이었다.

[10번째 수행 과제를 클리어했습니다.]

[보상으로 스킬 부여권이 1장 지급됩니다.]

[보상으로 특성 부여권이 1장 지급됩니다.]

판테온을 마지막으로 E급 던전은 모두 공략됐다. 한동안 고
생했던 병사들은 바쿤으로 귀환해 휴식을 맞이했고, 용찬은
홀로 방에 앉아 정리할 시간을 가지게 됐다.

'이번 보상은 스킬과 특성 부여권인데. 이걸 어떻게 사용해
야 할까.'

루시엔은 신속화, 헥토르는 사냥꾼의 몸놀림, 칸과 켄은 집

념. 아직 쿨단만 따로 특성이 없었다.

용찬은 순간 자신에게 투자할 것인지 고민했지만 이내 고개를 저었다.

'아냐. 어차피 내가 얻을 수 있는 것은 많아. 아직 못 얻은 히든 피스들만 떠올려 봐도 충분히 기회는 있어.'

플레이어 활동 지역은 물론 마계의 일부 히든 피스까지 알고 있는 상태다. 전쟁 당시 기억마저 살린다면 다른 마왕들도 충분히 상대가 가능했다. 용찬은 차후 마왕으로서 행보를 위해 쿨단의 특성을 택했다.

[특성 부여권을 사용했습니다.]
[쿨단에게 흡수력 특성이 부여됩니다.]

'잠깐. 이건 D급 특성이잖아?'

두 눈이 휘둥그레진다. 이전 그레고리의 설명대로라면 결과 등급은 E급으로 조정되어야 했다. 한데 흡수력은 무려 D등급인 데다 용찬도 잘 알고 있는 특성이었다.

'나를 이렇게 끌어올려 준 것은 이 특성이라고 할 수 있지.'

문득 한 사내의 목소리가 들려온다.

한때 쿤다 진영의 랭커 레버튼이 얻어냈던 흡수력. 전쟁 당시 그 효과를 드러내 든든한 탱커로 주목받았던 인물이었다.

용찬은 손에 남겨진 스킬 부여권을 보며 고민하다 이내 그레고리를 불러들였다.

"마왕성 상점을 통해 구매한 것과 달리 수행 과제를 통해 얻은 아이템들은 결과 등급이 따로 조정되어 있지 않은 것 같습니다."

"서포터인 너도 자세히 모르던 부분이었나?"

"죄송합니다. 저도 수행 과제에 대해선 완벽히 알지 못하는 상태입니다."

마왕성 시스템 자체의 의문은 더욱 깊어졌지만 소득은 있었다. 만약 그의 말이 사실이라면 수행 과제 보상으로 한층 높은 등급도 노릴 만했다. 용찬은 그레고리를 놔두고 즉시 스킬 부여권을 자신에게 사용했다.

[스킬 부여권을 사용했습니다.]

[파쇄 스킬이 부여됩니다.]

흡수력과 동일한 D급의 스킬. 지정된 범위를 내리찍어 주변 적들에게 피해를 주는 효과였다.

'마침 광역 스킬이 없었는데 잘됐어.'

무투가 직업 특성상 광역 기술은 그다지 많지 않았다.

용찬은 만족스러워하며 그레고리에게 그동안 얻은 장비 및 아이템들을 건넸다.

"병사들에게 필요한 것을 제외하고 따로 분류한 것들이다. 더 페이서 상단에게 통신해 판매하도록 해."

"알겠습니다. 마왕님."

"그리고 병사들의 장비는 어떻게 되고 있지?"

"물론 귀환하신 이후 즉시 잭 펠터 님께 맡겨놓은 상태입니다. 마왕님의 장비를 포함해 내일쯤이면 수리가 완료될 것 같습니다."

서서히 마왕성으로서 틀이 갖춰지고 있었다.

이제 남은 것은 서열을 올리는 것. 준비를 갖추고 회귀 전 기억까지 살린다면 단숨에 치고 오르는 것도 가능했다.

'이대로 D급부터 히든 피스들을 회수하면서 능력만 끌어올리면 되겠어.'

마저 아이템과 장비를 정리한 용찬은 천천히 자리에서 일어났다. 아직 마왕성 지하에 볼일이 남아 있었다.

쿨단에 이어 두 번째로 만나게 된 탈주 병사 위르겐이다.

요새에서 역으로 기회를 노려 아찔한 상황이 연출되기도 했지만 결국 사로잡혀 바쿤으로 끌려오게 됐다.

지금은 자신의 수하들과 함께 지하 감옥에 갇혀 있는 신세. 당시 먼저 굴복을 택하며 고개를 숙이기도 했지만 쉽사리 믿을 만한 놈으로는 보이지 않았다.

"페, 페페펭! 드디어 찾아와 주셨군요, 마왕님!"

감옥 앞으로 다가서자 귀여운 양 날개를 펄럭이며 위르겐이 뛰어왔다. 귀여운 겉모습과 달리 속은 음흉한 녀석이다.

"날 기다리고 있었나 보군."

"물론입니다. 이 위르겐, 바쿤을 위해 충성을 바칠 준비가 되어 있습니다!"

"그런 것치곤 수하 놈들의 눈빛이 무척 사나운데 말이지."

"아, 아이고. 아닙니다, 절대 아닙니다. 이놈들아, 다들 뭐 하고 있어. 얼른 새로운 주인님께 인사하지 않고!"

그제서야 놀과 리자드맨들이 움찔거리며 고개를 숙였다.

하지만 용찬은 넘어가지 않고 도리어 뇌격을 활성화시켰다.

"우선 저번에 못 끝낸 것부터 마저 처리하도록 하지. 지금부터 너에 대해 하나도 빠짐없이 실토해라."

"아휴. 당연한……."

"단, 혀를 잘못 놀렸다간 맥도 못 추게 해주마."

자연스레 왼손에 쥐어지는 간파 주문서들. 미첼을 돌아다니면서 주문서를 자주 구매했던 것인지 위르겐도 재깍 그 의미를 알아챘다.

이것으로 대답이 진실이든 거짓이든 놈의 정보창을 꿰뚫어 볼 수 있을 것이다.

'간파의 효과를 알고 있다면 알아서 자기 정보를 모두 말하겠지. 어차피 이놈은 자기가 무슨 말을 하든 내가 주문서를 사용할 거라 믿고 있을 테니까.'

그 이후로 심문은 술술 풀렸다.

위르겐의 직업은 디텍터. 주로 상대방의 정보를 알아내고 전술을 다루는 비전투 계열이었다. 다만, 스킬 및 특성을 직업 분야로 갖추지 못한 것인지 스킬은 온통 엉뚱한 것으로 가득했다.

"폭탄 심어두기, 연막탄 던지기, 흔적 지우기까지. 도대체 네놈 뭐 하는 녀석이냐."

"절망의 대지에서 살아남기 위해 이것저것 배우다 보니 그만. 페페펭."

확실히 척박한 땅을 돌아다니려면 생존 기술들이 필요했다. 저런 수하들까지 데리고 다닌 것을 봐선 꽤나 적응력도 높은 듯했다.

'일단 병사로선 네임드 E급 수준. 따로 머리 쓸 놈이 필요하긴 했는데 이런 놈이라 고민되는군.'

여러모로 부족하지만 잘만 성장시키면 쓸 만한 디텍터로 만들 수 있었다.

게다가 일부러 요새 안으로 유인해 병사들까지 이용하며 피해를 준 놈이다. 정보를 활용하는 것은 물론 수단과 방법을 가리지 않는 잔혹함까지 모두 완벽했다.

판단을 마친 용찬은 주문서를 집어넣었다.

"페엥? 주, 주문서는 사용하시지 않는 겁니까?"

"따로 정보를 숨길 가능성도 있겠지만 굳이 사용할 필요는 없어 보이는군."

"페에에엥. 그럴 수가. 내가 속아 넘어가다니!"

"그렇게 실망할 필요는 없어. 오히려 내가 좋은 제안을 한 가지 해주마."

머리를 부여잡고 괴로워하던 위르겐의 고개가 돌아간다.

살기 위해 굴복을 택했다고 하지만 순수하게 따를 놈은 아닐 터. 쿨단 때와 달리 소속 변경 메시지도 뜨지 않았기 때문에 오히려 족쇄를 걸어둬야 했다.

용찬은 미리 챙겨 온 용병 계약서를 꺼내 건넸다.

"이것은?"

"조건은 간단해. 정확히 두 달간 바쿤의 임시 용병으로 활동이다. 물론 기간이 끝나면 넌 자유를 택할 수도 있고 남는 것을 택할 수도 있어. 선택은 오로지 네 몫이다. 어때?"

"페엥. 명시된 조건이 괜찮아 보이긴 하지만 제가 얻는 것은 무엇입니까?"

"하. 지금 무언가 착각하고 있는 것 같은데."

싸늘하게 가라앉은 두 눈빛이 감옥 안을 향한다. 잠시 우쭐거리던 위르겐은 실수를 깨닫고 땀을 뻘뻘 흘렸다.

"아이고, 제가 잠깐 착각을……."

"네놈이 얻는 것은 목숨이다. 지금 나는 네놈과 평등한 관계에서 거래하는 게 아냐. 살아남는 것만으로도 감사히 여겨라."

"다, 당연한 말씀이십니다. 페펭!"

아무리 제안이라고 해도 현재 그는 감옥에 갇혀 있는 신세. 위르겐은 침착히 용병 계약서를 재차 살폈다.

'나에겐 전혀 나쁘지 않은 조건이야. 아니, 오히려 이렇게까지 해주는 게 이상해. 보통 강제로 굴복시키거나 아예 죽여 버리는 게 가장 속 편할 텐데. 이놈은 오히려 나에게 자유까지 제시해 주고 있잖아?'

두 달간 임시적으로 바쿤 소속이지만 그 이후에는 자유가 보장되어 있었다. 어찌 보면 속이 뻔히 들여다보이는 수작이었지만 용병 계약서에 적힌 사항은 마왕이라도 결코 어길 수 없었다.

'페펭. 멍청한 놈, 내가 왜 여기 남겠어. 딱 두 달 동안만 개처럼 명령을 따라주지. 그 이후엔 이런 마왕성 따위 바로 나갈 거라고.'

본질적으로 보면 약간 손해였지만 목숨이 우선이었다.

위르겐은 잽싸게 깃펜을 집어 계약서에 사인했다.

[판테온의 수문장 위르겐이 임시 용병으로 계약을 맺었습니다.]
[E급 제피르 일족 위르겐의 소속이 바쿤으로 변경됐습니다.]

마침내 마왕성의 용병이 두 명으로 늘어났다. 비록 한 명은 임시였지만 바쿤 소속이라는 것은 변함이 없었다.

용찬은 만족스러워하며 재깍 두 번째 질문으로 넘어갔다.

"이전에 네가 꺼냈던 마족 놈에 대해 자세히 얘기해 봐라."

"아, 그것은……."

계약을 마치자 위르겐이 성심껏 질문에 답했다.

한때 오크들이 차지하고 있던 요새 형태의 던전 판테온. 따로 머무르는 곳 없이 대지를 돌아다니던 위르겐 패거리에겐 가장 안성맞춤인 장소였다.

하지만 백여 마리가 넘어가는 오크를 상대하긴 무리였고, 매일 숨어서 때를 노리던 도중 갑자기 정체불명의 마족이 나타났다고 한다. 그자는 희한한 마법을 사용해 오크들을 데리고 사라졌고 패거리는 그대로 텅텅 빈 요새를 차지할 수 있었다.

"혹시 그놈의 모습을 기억하고 있나?"

"언뜻 온몸에 붕대를 두르고 있던 것은 기억이 납니다."

턱을 매만지던 용찬이 두 눈을 빛냈다. 서식지를 알 수 없던 오크들과 롱 담에서 자신을 기습했던 정체불명의 붕대 마족. 두 가지 사건은 결코 우연이 아니었다.

'마법이라면 대충 상대방에게 다른 표적을 심어주는 현혹계인가. 아예 작정하고 마왕성을 노린 것을 보면 다른 마왕 놈들

일 수도 있겠어.'

오크들까지 이용해 바쿤을 노린 것이라면 오히려 다른 마왕들의 견제일 가능성이 컸다. 잠시 누군가를 떠올리던 용찬은 이내 감옥 문부터 열었다.

"나와라. 임시 용병이 되었으니 대우는 해주마."

"페페펭. 감사합니다, 마왕님. 이 자식들아 얼른 따라 나와!"

"아니, 저놈들은 따로 교육이 필요할 것 같군."

"교, 교육이라면 어떤……."

파지지직.

충성심이 없던 베텔 병사들도 거쳐 갔던 과정이다.

위르겐의 부하 놈들이라고 해서 예외는 아니었다.

"깨깨갱!"

"츠아아악!"

그날도 어김없이 참교육(?)이 벌어지며 용찬은 다음 수행 과제로 넘어가고 있었다.

한편, 절망의 대지 남쪽 부근. 최근 개척된 땅 위로 지어진 거성으로 누군가가 들어섰다. 입구에 있던 병사들은 로브를 입은 자를 슬쩍 쳐다보더니 이내 옆으로 물러섰다.

무려 마왕성 언노운의 정식 용병이다. 감히 그들로선 막을 수 없었고, 흑색 로브의 용병은 그대로 상층을 향했다.

그가 최상층에 위치한 방으로 들어서자마자 누군가의 목소리가 들려왔다.

"또 어디를 그렇게 돌아다니다 오는 거지?"

왕좌에 앉은 붉은 날개의 마족. 서열 70위에 안착한 제리엠 란드로스였다. 그는 한동안 보이지 않던 용병이 이제서야 나타나자 대뜸 추궁부터 했다.

"……알 것 없을 텐데?"

"알 것 없다고? 아무리 그런 조건으로 계약했다고 하지만 넌 언노운의 정식 용병이야!"

"큭. 웃기고 있군."

붕대 마족을 주위로 마력이 퍼져 나왔다.

확실히 소속은 언노운의 정식 용병. 하나, 제리엠 란드로스는 결코 자신의 주인이 될 그릇이 아니었다.

"커억!"

볼썽사납게 벽에 처박히는 언노운의 마왕. 붕대 마족은 마력으로 이루어진 거대한 팔로 그의 목을 움켜쥐었다.

"다시 한번 경고하지. 내가 무엇을 하든 신경 쓰지 마라. 분명 가문 몰래 서열을 올려주는 대신 주종 관계는 성립하지 않는다는 조건을 달아놨을 텐데. 금세 잊어먹었나?"

"크으윽. 기, 기억해. 기억한다고!"

"나에게 명령하지 마라. 경고는 이번이 마지막이니까."

"아, 알겠어. 알겠으니까 이것 좀!"

고통스러워하던 제리엠이 팔을 탁탁 내려쳤다. 그제서야 방 안을 압박하던 마력이 사라졌고, 그는 격하게 기침을 하며 바닥에 주저앉았다.

"정 불만이 있으면 용병 계약을 취소하도록 해. 언제든 언노운을 떠나줄 테니."

"……."

"한심한 놈. 어찌 보면 헨드릭 놈보다 더 못하군. 아니, 그나마 가문의 지원을 쭉 받아왔다는 점은 다르려나."

가볍게 코웃음 친 붕대 마족이 그대로 방을 떠났다.

홀로 남겨진 제리엠은 한참이나 방문을 노려보다 이내 주먹을 움켜쥐었다.

"내가 그놈보다 못하다고?"

한때 망나니라고 불리던 바쿤의 마왕. 최근 베텔과의 서열전에서 이기며 서열 72위가 된 최하급 마족이다.

한데, 그런 놈이 미첼에서 자신을 대놓고 무시했다.

뒤늦게 용병을 통해 오크들을 불러 바쿤을 위협하기도 했지만 아직도 분은 풀리지 않았다.

'분명 미첼에 왔던 목적은 가문의 지원을 다시 받기 위해서

였겠지. 이렇게 된 김에 아예 그놈부터 짓밟아주겠어!'

이미 가문을 통해 평가전에 대해 들은 상태다. 모두가 보는 앞에서 헨드릭을 무릎 꿇린다면 그보다 더한 망신도 없을 것이다.

제리엠은 독기 서린 두 눈으로 바깥의 병사들을 쳐다봤다.

"그래. D급에 등극한 언노운과 바쿤은 달라도 무척 다르지. 이번에 그걸 깨닫게 해주마."

어느새 분노의 대상이 달라지고 있었다.

◀ **17장** ▶

라딕

위르겐은 생각보다 뛰어났다. 그레고리가 마왕성 업무 방면
으로 유능했다면 위르겐은 전투 방면으로 머리를 쓸 줄 아는
놈이었다. 특히 다음 수행 과제로 마왕성 침입 저지가 시작되
었는데, 그때마다 전체적인 흐름을 들여다보며 전투의 양상을
빠르게 짚어냈다.

최적의 활용으로 최대의 효율을 뽑아내는 지휘관. 때때로
과도하게 욕심을 내다 실수를 하기도 했지만 개인적으로 손해
를 보지 않으려는 타입이었다.

'상당히 쓸 만해. 여태껏 모아온 젬으로 우선 스킬과 특성부
터 보완시켜야겠어.'

가문의 지원, 수행 과제, 던전 공략, 마왕성 보호, 젬 광산

등 여러모로 수입이 발생하자 위르겐은 물론 병사들의 장비 및 스킬 방면으로도 투자가 계속해서 늘어갔다. 그리고 열한 번째 수행 과제가 클리어될 때쯤, 문제가 발생했다.

"수행 과제 때문에 있지도 않은 몬스터들이 튀어나오더니 이젠 젬 광산의 자원까지 고갈되어 버렸군."

"송구스럽습니다, 마왕님. 제가 일찍이 파악했어야 했는데."

"네가 사과할 일이 아니다. 애초에 남은 자원까지 정확히 알아보는 것은 불가능했어. 게다가 마침 시스템도 이 상황을 알아차린 모양이야."

용찬의 말대로 다음 수행 과제는 수입원에 관한 내용이었다.

[12. 던전을 점령해 수입원을 늘리십시오.]
[버튼을 누를 시 바로 목표 던전으로 이동됩니다.]

본래 마왕들이 수입원을 차지하는 방식은 간단했다. 절망의 대지에서 천연 자원지를 발견하거나 혹은 도시 내 인공적인 시설을 이용하는 것. 그러다 보니 가끔씩 수입원을 놓고 마왕들끼리 경쟁을 벌이는 경우도 파다했다.

하지만 마왕성 플레이어는 다른 방식으로도 가능한 것인지 용찬의 눈앞에 새로운 던전명이 나타나 있었다.

"그레고리, 현재 병사들의 장비 수준은?"

"예. 최근 제작된 잭 펠터 님의 노말급 장비들로 병사 모두 무기와 방어구는 착용한 상태입니다. 주력이신 분들을 제외해도 전투에는 아무 지장이 없을 것이라 사료됩니다."

"쓸 만해졌군. 하지만 구해 오는 재료의 질이 좋지 못해. 나중에 따로 가문이나 상단을 통해 재료를 구해야겠어."

"그 부분도 알아보도록 하겠습니다."

방 안에 있던 그레고리는 들고 있던 종이에 따로 메모까지 해두며 업무에 참고했다.

이제 바쿤의 병사들도 61명으로 늘어난 상태. 잭이 제작한 장비는 물론 개인적으로 분배해 준 매직급 장비까지 포함했을 때 전력은 이전보다 한층 나아져 있었다.

얼마 되지는 않지만 위르겐과 일부 주력 병사들에게 투자한 스킬, 특성, 재능까지 생각한다면 현재 바쿤은 E급 마왕성으로 손색이 없는 수준이었다.

[플레이어 명:고용찬]

[등급:E]

[종족:마족]

[직업:무투가]

[특성:3]

[스킬:6]

[칭호:바쿤의 마왕]

[권능:봉인 상태]

[힘:15][내구:10][민첩:14][체력:14]

[마력:8][신성력:0][행운:9][친화력:17]

'이제 조금만 더 능력치를 올리면 D급이긴 한데, 문제는 마력이란 말이지.'

마력 능력치가 있어도 헨드릭의 몸으로는 마력을 다룰 수 없었다. 오히려 뇌격 때문에 친화력만 꾸준히 오르다 보니 균형이 깨져 골치만 아파졌다. 만약 권능이라도 있었다면 마족 고유 기술들을 배울 텐데 그마저도 불가능했다.

용찬은 생각을 마치고 자리에서 일어났다.

"병사들을 모두 집합시켜라. 곧바로 출발하겠다."

웅성웅성.

오늘따라 광장이 유난히 소란스럽다.

듣기로 E급 던전 중 새로운 던전이 추가되었다고 하는데, 벌써부터 저등급 플레이어들 사이에서 관심이 모였다. 특히 다른 진영에 비해 랭커의 숫자가 약간 밀리는 리미트리스 진영이다 보니 길드 측에서도 따로 지시를 내린 모양이다.

물론, 다른 15개의 도시와 달리 제8도시인 아델은 인원이 현저히 적기 때문에 그리 들썩거리진 않았다.

'빌어먹을 정보 길드 자식들. 겨우 이깟 정보로 5천 골드나 가져가다니.'

리우청은 오늘 기분이 좋지 못했다. 새로운 던전의 출현이랍시고 정보를 비싸게 팔아먹는 정보 길드도 마음에 들지 않았고, 이 세계의 음식들도 여전히 입에 맞지 않아 속이 느글거렸다. 좋은 점이라곤 젊은 육체로 유지된다는 것과 외국어를 배우지 않아도 플레이어들 간에 의사소통이 된다는 것뿐.

이 세계는 도저히 적응하기 어려웠다.

'젠장. 최근에 등급도 오르지 않아 짜증 나 죽겠는데. 어디 보자. 참가 인원은 최대 30여 명. 등급 제한은 E급까지인가. 딱 나한테 맞는 곳이긴 한데, 선착순이란 게 마음에 들지 않는단 말이지.'

던전 입장 가능 시간까지 세세히 적혀 있는 정보 길드의 문서였지만 조건이 까다로웠다.

하지만 새로운 던전인 만큼 보상 및 드랍 아이템들도 쏠쏠할 것이다.

그렇게 생각하며 리우청은 구매해놓은 던전 입장권을 매만졌다.

곧 던전이 열릴 시간이다.

[E급 던전의 입장이 가능해졌습니다.]

[라딕 입장권을 보유하고 있습니다.]

[입장하시겠습니까?]

마침내 새로운 던전이 열렸다. 리우청은 고민하지 않고 재깍 입장을 선택했고, 곧 주변 배경이 바뀌었다.

자연스레 온몸으로 파고드는 한기. 마치 수정 동굴처럼 생긴 던전 내부는 도시와 달리 기온차가 매우 심했다.

"으으, 추워 죽겠네. 겉옷도 안 챙겨 왔는데 어떡하지."

"여기가 새로운 던전인가?"

"동굴 형태의 던전이라. 파티원 중 온 것 나뿐인 것 같은데 큰일 났네."

다른 자들도 막 소환된 것인지 몸을 덜덜 떨며 주변을 살폈다. 얼추 숫자를 세어봐도 30여 명 정도의 플레이어다. 그들은 자신이 선착순에 들었다는 것에 들떠 하면서 미리 챙겨 온 장비들을 꺼내 착용했다.

'칫. 정보 길드 자식들. 돈은 많이 처먹어도 정보는 확실하네. 좋아, 일단 선착순으로 들어왔으니까 던전 탐사를 시작해 볼까.'

리우청은 실실 웃으며 여우털 로브를 위에 걸쳤다.

항상 이런 일을 대비해 챙기고 다니던 겉옷이었다.

주변 플레이어들은 혹시나 여유분이 있을까 싶어 다가오려는 눈치였지만 어림도 없었다.

'쯧. 멍청한 놈들. 내가 아무리 실력이 낮다지만 이런 쪽으로는 지식이 해박하다고. 환경이 언제 달라질지 모르는 하멜에서 따로 옷도 안 챙기고 다니다니. 몰라도 너무 모르잖아. 이거 잘하면 장비나 아이템을 꽤 챙길 수도 있겠는데?'

일부를 제외하면 그리 경험이 많아 보이진 않았다.

미리 하급 주문서들까지 챙겨 온 상태이니 다른 플레이어들만 조심하면 될 것이다.

"다들 초면이지만 통성명은 나중에 하기로 하고 일단 움직이죠."

한 미청년이 한 손으로 빛의 구를 만들며 앞장섰다.

흔히 라이트라 부르는 마력 스킬의 일종.

'직업에 상관없이 마력을 다루면 배울 수 있다고 했었지. D급 플레이어부터는 대부분 마력을 다룰 수 있다고 하던데. 벌써부터 배운 것을 보면 꽤 자질이 있었나 본데?'

게임 시스템으로 이루어진 하멜이지만 이 세계도 은근 재능과 특기를 따졌다. 리우청은 은근 부러운 눈길로 쳐다봤지만 이내 이를 갈며 랜턴을 꺼내 뒷길을 밝혔다.

그리고 플레이어들은 선두에 선 미청년을 따라 쭉 이어진 복도를 탐사하기 시작했다.

[긴급 퀘스트가 발생했습니다.]

세 갈래로 나눠진 길 앞에 도착했을 즈음일까.

귓가로 사이렌 소리가 들려왔다.

[마족을 토벌하라]

[등급:C]

[설명:오직 플레이어들만 이동할 수 있는 진영의 던전으로 침입자가 나타났다. 의문의 마족은 라딕으로 들어온 상태이며 플레이어들은 그들을 토벌해야 한다.]

[목표:의문의 마족 0/1]

[보상:직업 전용 특성북, 직업 전용 스킬북]

"뭐, 뭐야. 마족이 침입했다니. 어떻게 된 거야."

"그 자식들은 마계에 있잖아. 나타나도 주로 탑으로 침입한다고 했는데 말도 안 돼. 그러면 우리 지금부터 마족과 싸워야 하는 거야?"

"그래도 보상이 엄청나. 잘하면 크게 한 건 하겠는데?"

퀘스트 창을 확인한 플레이어들은 제각기 반응이 달랐다.

두려움과 공포, 혹은 탐욕과 기대에 사로잡혀 묘한 분위기가 흘렀다.

리우청의 경우엔 반반이었다.

'좀 유명 랭커들이나 길드 측 놈들도 고전한다는 마족이잖아. 주로 탑이나 마왕성을 통해 나타난다고 했는데.'

마왕성 같은 경우 직접 마계로 이동해 마족과 마왕을 동시에 노리지만 아직까지 토벌된 마왕은 없었다. 또한, 탑 같은 경우에도 가끔씩 마족들이 출현하지만 육체 및 마력적으로 차원이 달라 상대하기 어렵다고 했다. 문득 각 진영마다 세워진 탑이 떠오르자 리우청은 주먹을 꽉 쥐었다.

'어차피 등급이 오르게 되면 나도 결국 탑으로 향하게 되겠지. 지금 미리 겪어보는 것도 나쁘지 않아. 애초에 E급 던전의 긴급 퀘스트니까 마족 놈도 등급이 비슷할 거야.'

어쩐지 기분이 들뜨기 시작했다.

그 순간, 선두에 선 미청년이 장검을 빼 들며 정면을 가리켰다.

"여러분, 아무래도 마족을 토벌하기 전에 던전의 몬스터부터 상대해야 할 것 같습니다."

시선을 따라 고개를 돌리자 정면에서부터 허수아비들이 접근하는 것이 보였다. 던전의 몬스터라고 판단한 플레이어들은 즉시 스킬을 시전하며 전투태세를 취했다.

그리고 그들을 따라 리우청도 자신의 애검을 꺼내 들고 있었다.

그 시각, 수행 과제를 통해 던전 라딕으로 넘어온 용찬에게도 막 퀘스트가 내려진 참이었다.

[던전을 지켜내라]

[등급:C]

[설명:젬 광석들이 파묻힌 던전 라딕으로 리미트리스 진영 플레이어들이 입장했다. 그들의 목적은 던전 공략 및 마족 토벌이다. 그들로부터 던전을 지켜내고 이곳을 젬 수입원으로 만들어야 한다]

[목표: 리미트리스 진영 E급 플레이어 0/30]

[보상:바쿤으로 통하는 게이트, 던전 라딕 소유권, 직업 전용 특성북.]

'쓸데없이 수행 과제 때문에 일이 커진 것 같군. 아예 새로운 던전을 만들어내다니. 어쩌면 하멜의 시스템과 마왕성 시스템은 서로 연관성이 깊을지도 모르겠어.'

아무래도 던전 마스터를 대신해 라딕을 지키는 입장인 것 같았다. 상대는 E급 플레이어 30명. 만약 홀로 왔다면 고생을 했을지도 모르지만 지금은 달랐다.

"페펭. 감히 내 왕관을 들고 튀어? 당장 내놔!"

"헤헷. 고작 연막탄을 가지고 너무 열 내시는 거 아니에요? 에잇!"

"잘했어. 이쪽이라고, 이 음흉한 제피르 자식아!"

"하아. 여러분, 좀 가만히 있어주시면 안 되겠습니까?"

왕관을 가지고 놀고 있는 헥토르와 루시엔, 그런 둘을 쫓으며 헉헉거리고 있는 위르겐, 그리고 한숨을 푹푹 내쉬며 골을 짚고 있는 로드멜까지.

가만히 지켜만 봐도 정신이 사나운 광경이었다.

용찬은 한꺼번에 소환된 바룬의 병사들을 살피다 지도 창을 켰다. 동굴 형태로 된 라딕은 단층 구조. 중간마다 두 갈래, 혹은 세 갈래로 길이 나눠지기도 했지만 결국 마지막에 도달하는 곳은 보스방이었다.

"다들 장난은 그쯤 해라. 위르겐 넌 이리 오고."

"헉. 허억. 아, 알겠습니다. 마왕님."

용찬은 뒤뚱뒤뚱 걸어온 위르겐에게 지도 창을 보여주었다.

붉게 표시된 점은 던전의 고유 몬스터들. 그리고 푸른색으로 표시된 점은 리미트리스 진영의 플레이어들이었다.

그 사실을 알려주자 위르겐의 새파랗게 질렸던 안색이 정상으로 돌아왔다. 예상대로 위르겐은 구조를 보며 빠르게 머리를 굴리기 시작했고, 뒤늦게 고개를 끄덕거리며 입가를 말아 올렸다.

"호오. 단순하면서도 미로처럼 이어진 길이군요."

"어때 보이지?"

"펭펭. 그전에 앞서 어떻게 이곳에 오신 것인지 여쭤봐도 되겠습니까?"

역시 눈치 하나는 빠른 놈이었다. 용찬은 간단히 플레이어 아이템들을 예시로 보여주며 설명을 했다.

"이것들 덕분이지. 넌 잘 모를 테지만 권능이 없던 나는 계속 플레이어 놈들의 아이템과 장비로 능력을 보완해 왔다. 그러다 보니 놈들의 아이템 중 일부 비밀을 알게 됐지."

"비밀이라 하면?"

"플레이어들만의 고유 시스템 능력이 깃든 아이템들이다. 그리고 이건 플레이어 전용 소비 아이템들이지."

손에 쥐여 있는 노란색 구슬. 일명 란트릿이라고 불리는 정보 차단 효과의 아이템이었다.

하지만 이런 종류의 아이템 같은 경우 마족 및 몬스터들은 사용이 불가능했고, 오직 플레이어들만 사용이 가능했다.

"그 말씀은?"

"그래. 난 고유 능력을 가진 아이템을 통해 이런 것들도 사용할 수 있다. 이 던전 또한 이런 아이템을 통해 넘어온 거고 말이지."

"……오호. 그런 아이템들이 존재했다니. 신기하군요."

"관심이 가나?"

은근슬쩍 구슬을 들이밀자 위르겐의 두 눈동자에 탐욕이 깃들었다. 하나, 용찬은 이내 란트릿을 회수하며 지도 창을 가리켰다.

"하지만 구하기 어려운 아이템이기 때문에 쉽게 나눠 줄 순 없지. 임시 용병으로 있는 동안 네가 하는 행동을 봐서 생각해 보도록 하마."

"페페펭. 다, 당연히 열심히 마왕님 명령을 따를 예정입니다!"

"좋아. 그렇다면 우선 여기부터다. 네놈이 무엇을 해야 할지는 알고 있겠지?"

"물론입니다. 페펭."

의심을 욕망으로 덧씌우고 자연스럽게 희망을 준다. 이런 놈을 다룰 때는 가장 안성맞춤인 방식이었다.

그 증거로 위르겐도 벌써부터 비열하게 웃음을 흘리고 있지 않은가.

분명.

"페페페펭!"

즐거운 무대가 될 것이다.

예로부터 제피르 일족은 탐욕의 상징이었다. 북부에 터전을 잡고 살아온 그들은 하나같이 파렴치하기 그지없고, 반짝거리는 것이면 사족을 못 써 근방 도시 내에서 골칫거리로 제기되어 왔다. 그리고 유독 탐욕에 강한 집착을 보이며 머리가 뛰어난 왕족이 있었는데, 그중 한 명이 바로 위르겐이었다.

'이런 병사들을 놔두고 방 안에만 처박혀 있었다니. 따로 루시엔에게 나머지 탈주병에 대해 물어봐야겠군.'

용찬 앞에 놓인 지도 창이 변화하기 시작한다. 각 구역마다 놓인 붉은 점이 사라지고 푸른색 점의 위치가 계속 바뀌었다. 서서히 플레이어들이 방을 클리어하고 안쪽으로 진입하고 있다는 의미였다.

[제3의 눈이 발동되고 있습니다.]

까맣게 물든 위르겐의 눈동자가 빠르게 굴러갔다.

디텍터 전용 특성 제3의 눈. 특정 조건이 갖춰졌을 때 시시각각 변하는 상황을 단숨에 파악하는 효과로, 용찬이 가장 먼저 젬을 투자해 부여한 직업 전용 특성이기도 했다.

"지금 몇 번째 방을 돌파한 거지?"

"폐펭. 이제 첫째 줄 세 번째 방을 클리어했습니다. 아마 본격적인 시작은 두 번째 줄부터겠지요."

위르겐은 라딕의 구조를 부르기 편하게 줄 단위로 구분시켰다.

총 다섯 개의 줄. 중간마다 갈림길이 놓여 있기 때문에 일부 방은 넘어갈 가능성이 컸다.

하지만 이미 준비를 마쳐놓은 놈은 즐겁게 날개를 펄럭거렸다. 그 증거로 바쿤의 병사들도 미리 제각기 다른 방에서 대기하고 있는 상태. 마침 플레이어들이 두 번째 줄 첫 번째 방에 들어가려 했다.

[탐색자의 눈이 발동됩니다.]

지도 창 앞으로 화면이 나타난다. 마치 마왕성 침입을 저지할 때처럼 각 구역의 모습이 화면에 비쳤다. 미리 설치한 탐색자의 눈을 통해 시야를 공유시켜 주는 효과. 병사들이 각 방을 돌아다니며 고생한 보람이 있었다.

"던전 몬스터들이 저희를 적대시하지 않아서 다행입니다. 페펭!"

"슬슬 시작인가."

용찬의 물음에 위르겐이 입꼬리를 말아 올렸다.

"예, 본격적인 시작이죠. 페페펭."

그 시각, 플레이어들은 방 안에 가득한 거미 떼와 전투를 벌이고 있었다.

"이쪽으로 지원 부탁드립니다!"

"지금 갑니다!"

어느새 미청년은 직접 선두에서 지휘를 했다.

이미 그는 이전 방들을 지나오며 실력을 뽐낸 상태. 다른 자들은 아무런 불만 없이 지시를 따랐고, 각자 역할을 분담해 적들을 맡았다.

'마검사였을 줄이야. 하멜에서 드문 히든 직업이라고 하던데.'

마침 거대 거미 처리한 리우청이 뺨의 녹색 피를 닦아내며 미청년을 바라봤다. 한 손에는 마력을, 한 손에는 검을 든 그는 E급이라 보기 힘들 정도로 손쉽게 거대 거미를 처리했다.

과연 자신과 동일한 등급이 맞긴 한 것일까.

'젠장. 사람 차별하는 것도 아니고. 내가 저런 직업이었으면 진작 E급에서 벗어났을 텐데!'

물론 생각과 현실이 다르다는 것쯤은 알고 있었다. 다만, 이렇게라도 하지 않으면 완전히 패배자가 될 것 같았다.

'백현태라고 했던가. 칫. 빌어먹을 한국인 자식.'

따로 통성명할 시간이 주어졌을 때 들었던 이름이다. 리우청은 불쾌한 얼굴로 바닥에 침을 뱉으며 화풀이를 하듯 다른 거대 거미에게로 달려들었다.

그사이 자신을 현태라고 소개한 청년은 유독 덩치가 크던 거미를 상대하기 시작했고, 성직자의 힐을 받으며 빠르게 마무리에 들어가고 있었다.

"퀘에에엑!"

냉기 서린 검이 미간에 꽂혔다.

마침내 네임드 몬스터로 구분되던 놈이 쓰러졌다.

"대단하세요! 현태 씨."

"후우. 별것 아닙니다. 이대로 다른 분들을 도와서……."

꿀렁꿀렁.

순식간에 부풀어 오르는 거미의 배.

여성 성직자와 대화를 나누던 현태가 뒤늦게 고개를 돌렸지만 이내 시야가 점멸했다.

퍼어어엉!

두 명이 있던 자리에서 폭발이 일어났다. 주변 플레이어들은 당황하면서도 쉽사리 움직이지 못했다.

"저, 저 자식들은 또 뭐야!"

"뭐야. 다른 방의 몬스터들인 거야? 왜 갑자기 이쪽으로 오는 건데?"

"일단 막아. 막고 나서 지껄여!"

맞은편 복도에서부터 새로운 몬스터들이 나타났다. 갑작스러운 폭발에 이어 적들의 증원까지 발생하자 주위는 혼란에 휩싸였다.

플레이어들은 엎친 데 덮친 격인 상황을 돌파하기 위해 주문서까지 사용하며 거대 거미들을 마저 처리했다.

그 순간, 또다시 시체들의 배가 부풀어 올랐다.

펑! 퍼엉! 펑펑펑!

곳곳에서 폭발이 일어나자 연쇄 작용처럼 불길이 거세졌다. 화끈거리는 열기 속에서 플레이어들은 살기 위해 발버둥 쳤고, 앞을 막아선 스켈레톤 병사 뒤로 놀들이 화살을 쏘기 시작했다.

마치 잘 갖춰진 진형처럼 상대를 유린하는 몬스터 부대. 결국 플레이어들은 쏟아지는 화살 비 속에서 처참히 죽어나갔다.

'이건 말도 안 돼. 던전 몬스터들이 진형을 갖추고 싸운다니. 들어보지도 못했다고!'

이리저리 도망쳐다니던 리우청은 죽을 맛이었다.

비상시를 대비해 귀환 주문서까지 챙겨 왔지만, 이 주문서는 다른 주문서와 달리 전투 도중에는 사용이 불가능했다.

급히 화살을 피하며 틈을 노렸지만 갈수록 사망자만 속출하고 있었다.

"이대로 가다간 전멸이……."

"다들 제 주위로 모여주십시오!"

문득 익숙한 목소리가 들려왔다.

고개를 돌려보니 첫 번째 폭발에 당했던 현태였다.

그는 복부를 움켜쥔 채 마력을 끌어모았고, 생존자들은 급히 모여들었다.

[비전 이동술이 발동됩니다.]
[범위 내 파티원들이 이전 기억 위치로 이동됩니다.]

푸른빛이 뿜어져 나오며 플레이어들이 사라졌다. 몬스터들은 방 안에 남겨진 시체들을 바라보다 이내 묵묵히 자리를 떴다.

그날 이후로 플레이어들은 별다른 진척이 없었다.
오히려 비전 이동술이란 스킬을 통해 첫 번째 줄로 이동했고, 복도에서 하루를 보낸 것인지 아직까지 푸른 점은 움직일 기미가 보이지 않았다.

[목표: 리미트리스 진영 E급 플레이어 14/30]

무려 하루 만에 절반이 줄어들었다.
그리 중요하게 생각하지 않았던 폭탄 심어두기 스킬.
하지만 위르겐은 미리 던전 몬스터에게 폭탄을 심어 놈들에게 어마어마한 피해를 입혔다.

'절망의 대지에서 살아남은 이유가 있었군. 가장 먼저 이놈에게 투자하길 잘했어.'

용찬은 기대했던 것보다 큰 성과를 이룬 위르겐을 다시 보게 됐다. 그리고 화면에서 봤던 현태를 떠올리며 예전 기억에 사로잡혔다.

'이런 곳에서 보게 될 줄이야.'

한때 동료이기도 했던 마검사 백현태. 언제나 정의감에 넘쳐 무모한 행동도 마다치 않는 랭커였다. 본래 지금쯤 길드에 속해 활동하고 있을 시기였는데, 아무래도 지시를 통해 라딕으로 넘어온 듯했다.

'그렇다면 일부러 등급을 상승시키지 않고 하위 등급에서 정보를 모으고 있는 건가.'

용찬도 하나와 채은 앞에서 그쪽으로 정체를 속이기도 했다. 하지만 자신과 달리 현태는 진짜 길드에 속한 정보원이었다.

"위르겐, 좀 더 놈들을 궁지로 몰아라."

"폐펭. 이미 병사들을 보내놨습니다. 지금쯤이면 편안히 휴식을 취하고 있겠죠. 천천히 놈들의 목숨을 갉아먹으며 기회를 노리겠습니다."

예상대로 위르겐은 상대의 심리를 이용하는 타입이었다. 한번은 날렵한 루시엔과 리자드맨들을, 또 한 번은 쿨단과 헥토르를 중심으로 원거리 병사들을 보내 피해를 중첩시켰다.

그리고 다시 잠잠해질 때마다 병사들을 번갈아 보내며 피로를 쌓이게 했고, 심지어 야습도 서슴지 않으며 통로에서부터 진입을 막기 시작했다.

플레이어들은 점차 불리해질 수밖에 없었고, 결국 도중 몇명이 귀환 주문서를 통해 이탈하며 그들은 더욱 절망적인 상황을 맞이하게 됐다.

남은 것은 따로 귀환 아이템이 없던 자들과 현태뿐.

총 6명으로 줄어든 가운데 서서히 마무리 단계로 접어들고 있었다.

"이제 저희 어떻게 하죠? 전 귀환 아이템도 챙겨오지 못했는데."

"저도 마찬가지입니다. 귀환 주문서가 워낙 비싸서 가지고 다닐 여유도 안 된다구요."

모닥불 주위로 앉아 있던 플레이어들이 동요하기 시작했다. 따로 탈출구도 없어 던전을 빠져나가지 못하는 상황이다.

그런 가운데 연달아 습격까지 당했으니 두려움이 밀려올 수밖에 없었다. 약간 떨어져 있던 현태는 파티원을 보며 몰래 수정구를 꺼내 들었다.

"아무래도 마족이 직접 전투에 관여하고 있는 것 같습니다. 이대로는 더 이상 못 버팁니다."

-귀환 아이템은?

"……물론 귀환 주문서가 있긴 하지만 다른 자들을 버리고 혼자 나갈 순 없습니다."

-사사로운 감정에 휘둘리지 마. 우선 너 혼자서라도 빠져나와.

고운 목소리와 달리 지시는 냉정했다. 확실히 마족에 대한 정보는 미리 전달한 상태다. 그녀 말대로 목숨을 건지는 것이 최우선일 것이다.

하지만 길드 측 입장과 반대로 현태는 다른 선택을 했다.

"죄송합니다. 최대한 한 명이라도 살려 보겠습니다."

-너 지금 멋대로 행동하겠다 이거……

통신이 끊겼다. 아니, 먼저 이쪽에서 끊어버렸다.

현실적인 측면에서 볼 때 이대로 던전은 물론 퀘스트도 클리어가 불가능하다.

'대단하세요! 현태 씨.'

문득 자신을 치유해 주던 성직자가 떠올랐다.

갑작스러운 폭발로 혼자 살아남았던 기억.

현태는 질끈 감았던 눈을 뜨며 고개를 돌렸다.

"여러분. 아직까지 포션이랑 아이템은 좀 남아 있……"

"꺄아아악!"

불현듯 들려온 비명과 함께 복도가 어두워졌다.

현태는 급히 꺼진 모닥불을 확인하고 장비를 꺼내 들었다.

"다들 어디 계십니까. 침착히 제 주위로 모여주십시오!"

"여, 여기 있습니다."

"저도요!"

라이트 마법으로 불을 비추자 주변이 밝아졌다.

다행히 플레이어들은 모두 무사했다.

하지만 그와 동시에 정면에서부터 화살들이 날아오기 시작했다.

[하급 보호막 주문서를 사용했습니다.]

원형 막 위로 쏟아지는 화살들. 간신히 타이밍에 맞춰 주문서를 발동시키긴 했지만 안심하긴 일렀다.

그 증거로 방패를 든 스켈레톤 병사들이 전진해 오고 있지 않은가.

현태는 급히 파티원들을 챙겨 뒤로 후퇴하려 했다.

그 순간, 보호막이 단숨에 박살 나며 누군가가 나타났다.

파지지직.

"……플레이어?"

짙은 흑발과 흑안. 겉모습만 봤을 땐 단순히 플레이어처럼 보였다.

하지만 자신에게로 향한 싸늘한 눈빛은 결코 호의적이지 않았다.

"백현태, 줄곧 네놈은 길드의 정보원으로 어울리지 않는다고 생각했는데 실제로 보게 되니 더욱 그렇게 느껴지는군."

"설마 마족? 아니, 하지만 나에 대해서 어떻게……."

"굳이 알 필요는 없다. 넌 여기서 죽을 테니까."

마족의 신형이 좌측으로 빠르게 점멸했다. 화들짝 놀란 현태는 바닥을 짚어 주위를 빙판길로 만들었다.

"여긴 저 혼자 막을 테니 다들 얼른 도망치십시오!"

눈치를 보다 도망치기 시작하는 플레이어들. 뒤로 물러난 마족은 여유롭게 그들을 보며 천천히 다리를 들어 올렸다.

쾅!

바닥을 내리찍자 간단히 깨져 버리는 빙판길. 실낱같은 희망마저 잃게 하는 순간이었다.

"루시엔, 헥토르. 쫓아라."

"옙. 갔다 오겠습니다!"

"그 말만 기다렸어!"

사방으로 튄 얼음 조각들 사이로 쏜살같이 두 명이 지나간다. 이전에도 봤던 뱀파이어와 다크 엘프였다.

그리고 연달아 몬스터들까지 둘을 따라가자 마음이 조급해졌다.

　하지만 마족이 재차 돌진하며 방해를 하기 시작했다.

　"어딜 가려고 하는 거지?"

　"젠장. 젠장. 젠장!"

　본격적인 공방이 이루어진다.

[아이스 인챈트가 발동됩니다.]

[듀얼 블레이드가 발동됩니다.]

[마력탄이 발동됩니다.]

　처음엔 플레이어들을 구하기 위해 막무가내 식으로 스킬을 쏟아부었다.

　갈수록 버거워지는 공방 속에서 현태는 깨닫게 됐다.

　'내 스킬들을 전부 알고 있어?'

　보고도 피하기 힘든 마력탄까지 가까운 거리에서 피해낸다. 심지어 광역 스킬까지도 미리 알아채고 몸을 빼기 일쑤였다.

　그리고.

　"커억!"

　지루한 공방 속에서 끝내 마력이 고갈되고 말았다.

　현태는 볼썽사납게 바닥을 뒹굴며 신음을 흘렸다.

끄아아악.

멀리서 들려오는 비명 소리.

결국 자신은 파티원들을 지켜내지 못했다.

"이제 너밖에 안 남았군. 나중에 따로 차소희를 만나게 되면 전해주마."

"네, 네가 어떻게 마스터의 이름을!"

"다시 한번 말하지만……."

서서히 주먹으로 모어드는 기력. 마력 고갈로 인해 쓰러져 있던 현태는 최후란 것을 직감했다.

그리고 허망한 두 눈길로 마족을 올려다보던 중 안면으로 뇌격이 쇄도했다.

"알 필요 없다."

그 말을 끝으로 현태의 의식은 끊겼다.

To Be Continued

소드마스터
힐러님

침략자 퓨전 판타지 장편소설

모두에게 무시당하던 낮은 전투력.
힐러라고 부르기도 민망한 힐량.

모두에게 무시만 받던 나날이었다.

어제까지의 나는 최약의 헌터였다.

하지만 오늘, 검을 뽑은 순간!
나는 더 이상 나약한 힐러 따위가 아니다.

〈소드마스터 힐러님〉

나는 여전히 힐러다.
그리고 최강의 검성이다.

비츄 게임 판타지 장편소설

가상현실 게임 올림푸스에 드디어 입성했다.
그런데…… 납치라고!?

강제로 시작된 20년간의 지옥 같은 수련 끝에
마침내 레벨 99가 되었다.
그렇게 자유를 만끽하려던 순간.

정상적인 경로를 통한 레벨 업이 아닙니다.
시스템 오류로 레벨이 초기화됐다.

"이게 무슨 개 같은 소리야!!"

그런데, 스탯은 그대로다?!
게다가 SSS급 퀘스트까지!

한주혁의 플레이어 생활은
이제부터가 시작이다!